La geste d'Aalis el Païs de Merveilles

La geste d'Aalis el Païs de Merveilles

Alice's Adventures in Wonderland in Old French

par Lewis Carroll

Ouvrage illustré par

Byron W. Sewell

Traduit en ancien français versifié par

May Plouzeau

evertype

2017

Publié par/*Published by* Evertype, 73 Woodgrove, Ballyfin Road, Portlaoise, Co. Laois, R32 ENP6, Ireland. *www.evertype.com*.

Titre original/*Original title*: *Alice's Adventures in Wonderland*.

Traduction/*Translation* © 2017 May Plouzeau.
Illustrations/*Illustrations* © 2017 Byron W. Sewell.
Pour la présente édition/*This edition* © 2017 Michael Everson.

May Plouzeau a fait valoir son droit, tel que défini selon le Copyright, Designs and Patents Act de 1988, à être identifiée comme la traductrice de cet ouvrage.
May Plouzeau has asserted her right under the Copyright, Designs and Patents Act, 1988, to be identified as the translator of this work.

Première édition/*First edition* 2017.

Tous droits réservés. Aucune partie de ce livre ne peut être reproduite, conservée en mémoire dans un système d'extraction, ou transmise partiellement ou dans sa totalité sous quelque forme ou par quelque procédé que ce soit—sur machine électronique, mécanique, à photocopier ou à enregistrer, ou autrement—sans l'autorisation préalable et écrite de l'éditeur, ou comme expressément permis par la loi, ou selon les conventions internationales en vigueur sur la protection des droits de reproduction.
All rights reserved. No part of this publication may be reproduced, stored in a retrieval system, or transmitted, in any form or by any means, electronic, mechanical, photocopying, recording, or otherwise, without the prior permission in writing of the Publisher, or as expressly permitted by law, or under terms agreed with the appropriate reprographics rights organization.

Dépôt légal d'un exemplaire de ce livre à la British Library.
A catalogue record for this book is available from the British Library.

ISBN-10 1-78201-174-9
ISBN-13 978-1-78201-174-3

Typographie/*Typeset in* De Vinne Text, Mona Lisa, ENGRAVERS' ROMAN, *Liberty*, & 1475 Bastarde Manual Normal par/*by* Michael Everson.

Illustrations: Byron W. Sewell. Illustrations pages 117 & 168: John Tenniel, 1865.

Couverture/*Cover*: Michael Everson.

Imprimé par/*Printed by* LightningSource.

Introduction

Le **manuscrit** dont nous révélons ici l'existence ne contient que notre texte (dorénavant *Aalis*), dont il semble être l'unique exemplaire. Son propriétaire ne souhaite pas le voir décrit, mais m'autorise à reproduire la fin du colophon, « l'escrist l'an de l'Incarnation de Nostre Seignor .mil.cc.IIII^{xx}.III. moins ». Le scribe (le codex est d'une seule main) a donc copié notre texte en 1277. Sauf à se plier occasionnellement aux intentions de l'auteur, notamment en fin de vers, sa graphie, très régulière[1], ne paraît pas présenter de teinte régionale appuyée.

Rien de tel concernant la **langue de l'auteur**.

Les relevés du Glossaire montrent que le vocabulaire, quand il est régional, est massivement de l'Ouest, d'autant qu'une partie du normand se rattache linguistiquement à l'Ouest, et qu'il en va largement de même pour l'anglo-normand.

Au plan phonétique, on constate en fin de vers la non-diphtongaison de *o* fermé latin tonique libre (aucune

1 Je n'ai relevé d'inconstance à l'intérieur du vers que dans *del* et *du* 'du', *tie-* et *te-* dans les cas en *s* de *tel* (mais toujours *quie-* dans les cas en *s* de *quel*), *Porrïons* 2999 contre *-iiens* partout ailleurs hors fin de vers.

exception), le passage de *pectus* à *pez* 4952°[2] (et cf. *Vancé* 3006°, *lez* 'lits' 1244°), la monophtongaison de *ai* entravé passim, et enfin le timbre *è* ouvert de ce qui est écrit *ei* dans *teneit* 971° et *creistre* 1412°.

Au plan morphologique, noter devant consonne *el* 'elle' passim, *eus* 'elles' sujet 3913 ; en fin de vers sont à retenir les traits suivants : *lié* 'elle' 1190°, 2492°, 5396°, *amoe* 'aimais' 1284° et les nombreuses formes d'imparfait en *-ot* (une quinzaine d'occurrences), de même que les formes de passé en *-ié* comme *atendié, entendié*, etc. (plus de 20 occurrences).

La morphosyntaxe témoigne une dizaine de fois de la réduction de *vos* à *os* dans *sos plaist*, *ços afi, ços pri*, *quos* 'que vous', *avos* 'avez-vous'.

Tous ces phénomènes sont de l'Ouest. Ceux qui doivent être localisés ailleurs sont commentés plus loin.

Il convient maintenant de déterminer la **date de composition**.

D'une part, nous observons des faits relativement tardifs, comme le mélange occasionnel de *è* ouvert et *é* fermé à l'assonance (par exemple en 2.28[3] ou 2.69) et surtout l'apparition de *reverrai* en 1259°. Mais d'autre part, l'auteur ne se prévaut pas de certains caractères qui se font jour au 13ᵉ siècle. Sauf dans *metiens* 3885, imparfait (et voir infra), l'hiatus n'est jamais réduit ; la déclinaison semble impeccable. Si l'on excepte l'évolution de *ai* entravé, qui s'explique parfaitement comme un trait de l'Ouest, rien n'atteste que les diphtongues ou triphtongues aient perdu leur prononciation originelle ; voir, entre tant d'autres, ce qui assone avec *conduite* 10°, *puis* 30°, *mieudre* 185°, *tropeaus* 893°, *coup*

2 Le signe « ° » après un numéro de vers signifie que le mot ainsi référencé est en fin de vers.

3 Il est parfois opportun de renvoyer à des numéros de laisses plutôt qu'à des numéros de vers : une référence qui comprend un point à l'intérieur d'une séquence de chiffres est un numéro de laisse.

2032° ; on rencontre même *taist* 2882° et *plait* 3000° dans des laisses en A ! Rien n'atteste non plus la nasalisation de *o* ou de *ie* : cf. par exemple ce qui assone avec *ombres* 197° et avec *gient* 263°. Plus décisive encore est la conservation, presque trente fois, de formes d'enclise et de contractions qui ont disparu au 13e siècle : *lem* 'le me', *nem* 'ne me', *nes* 'ne se', *net* 'ne te', *quel* 'que le', *quim* 'qui me', *quin* 'qui en', *quis* 'qui les', *quist* 'qui est', *sim* (= *si me*), *sis* (= *si se*).

La versification, en laisses de décasyllabes assonancés, confère aussi à *Aalis* le vénérable aspect d'une antique chanson de geste. Aurions-nous retrouvé un très ancien texte ?

L'hypothèse n'est pas tenable, comme le prouve l'examen des **imitations ou allusions textuelles avérées**. En effet, si le prénom *Guiborc* 564° renvoie à une geste trop étendue dans le temps pour assurer une chronologie relative, il n'en est pas de même en 3.12 et suivantes pour les extraits à peine modifiés de *Rou* (composé vers 1170), pour l'utilisation du prénom *Enide* 623°, *Enid* (!) 569°, 590°, 613° (Chrétien a écrit *Erec et Enide* vers 1170, encore), pour le développement sur l'*ipopotamos* 731°, issu du *Roman d'Alexandre* (vers 1185), pour les références à *Renart* en 8.36 (les branches qu'a pu connaître l'auteur ont été composées de 1186 à 1204), et surtout pour les échos d'*Aucassin et Nicolete* (première moitié du 13e siècle) en 1.26, dans la chanson de 7.28–7.29 et peut-être dans le fait même d'insérer des chansons, et pour les emprunts à *la Chevalerie d'Ogier de Danemarche* (premier tiers du 13e siècle) à propos de *flaon* 335°, *matons* 337° et ce qu'ils encadrent. Ce n'est donc pas *la Chanson de Roland* qui a tiré de notre texte *Il est escrit en l'anciiene geste* 1421, qui a calqué *Plore des ieuz, tire sa blanche barbe* 4950 et *Ainz que la cort se fust aperceüe, De pasmaison garie et revenue* 4975–4976, mais bien l'inverse.

Bref, *Aalis* a été créé au 13e siècle, peut-être dans la première moitié, par une personne qui se délectait de littérature profane et qui ne reculait pas devant la pratique d'archaïsmes linguistiques.

Il est temps de faire plus ample connaissance avec elle. **L'auteure** est une femme, comme le prouve *vive* 3227° de *à poi n'enrage vive*. Les traits de l'Ouest de sa langue pourraient refléter son vécu : elle connaît *Vancé* 3006°, minuscule village de la Sarthe, et sa petite rivière, le *Tusson* 3007. Toutefois, la langue de l'Ouest ne lui est pas un carcan : *que vos* se trouve à côté de *quos* ; les laisses en OI associent à l'occasion des mots qui ne sauraient être regroupés dans les plus anciens textes de l'Ouest (les laisses en OI.E sont impeccables) ; en fin de vers on rencontre *piz* à côté de *pez*, *li* 'elle' à côté de *lié*, le type *parloit* à côté du type *parlot,* et le type *atendi* à côté du type *atendié* ; *seroiz* 1854° pourrait être de l'Est, à moins qu'il ne s'agisse d'un archaïsme ; le verbe *ongier* (cf. Glossaire) peut provenir de Chrétien, *erbor* 1249° est picard.

Ces bigarrures de langue ne sont pas très rares dans la littérature narrative du 13e siècle. Ce qui caractérise précisément notre auteure, c'est la hardiesse dont elle fait preuve dans la manipulation des possibilités que lui offrent les genres littéraires de son temps, laquelle nous met devant **un texte singulier**. Les décasyllabes de la narration, même s'ils ne présentent pas de traitement du *e* intérieur qui ne soit épique, s'enchaînent souvent dans une sinuosité échevelée qui déplace la césure, et pratique enjambements et rejets comme dans les octosyllabes les plus maniérés de *Meraugis*. Nous avons de longues citations en alexandrins (3.12, 3.15, 3.19), des incrustations de chansons et de poèmes pratiquées dans des mètres variés et le plus souvent exactement rimées. Fait tout aussi surprenant dans le genre épique, il est des personnages dotés de parlers qui leur sont propres, entremêlés de traits picards ou provençaux ; et l'on doit être conscient que ces traits ne sauraient être dus au copiste, soit parce qu'ils sont assurés par le mètre (*coron* 1567, *metiens* 3885, *no* 'notre' 1585, *vo* 'votre' 3977, 4044), soit parce qu'ils sont assurés par leur place à l'assonance (*carriel* 1628° et *cherviel* 4096°) ; dans les autres cas, ils s'écartent tellement des graphies habituelles du manuscrit, ils sont disposés avec tant d'attention dans la bouche de tel ou tel, que l'on ne peut que les imputer à l'auteure, dont le scribe aurait suivi les fantaisies. Enfin, *Aalis* recèle un grand nombre de jeux de mots, ce qui achève de lui conférer un caractère exceptionnel.

L'influence du texte sur la postérité a été importante, bien que nous ne sachions en expliquer le cheminement. Shakespeare a eu vent de *Zat is ze questïon* 5283 ; La Fontaine s'est étroitement inspiré de la fable récitée en 2.37 ; Lamartine a connu le début du Poème préliminaire ; Balzac a pu tirer d'*Aalis* le beau nom de *Rubempré* 4327° ; la *confiture esquise as bons poetes* 75 a plu à Rimbaud ; Mallarmé a remanié *De ses durs oncles haut soslevant les nombriz, Langoste*, etc. (10.56, 10.65) ; *Macha, Olga et Irina* 3024 se retrouvent chez Tchekhov ; et *l'eve* (*chaude* ou *bolie*) ainsi que les *rostïes* qui l'accompagnent (7.1, 3057, 11.36, 11.56, 11.66, 12.83) n'ont pas échappé aux auteurs d'*Astérix*.

Quel que soit l'éclat de ces emprunts, ils ne se comparent en rien à l'activité de **Lewis Carroll** : de façon stupéfiante, dans *Alice's Adventures in Wonderland*[4], il suit pas à pas la narration d'*Aalis*, mais en prenant soin d'effacer les marques spécifiques d'une chanson de geste d'oïl du moyen âge.

Voici en détail comment il procède.

4 Je désignerai ce texte par *Alice*, et le citerai d'après l'édition MacMillan (Londres 1898).

Notons d'abord qu'*Aalis*, comme d'autres chansons de geste tardives, peut faire référence, implicitement ou non, au support écrit qui contient le récit, comme on le voit en deux endroits : aux mentions de *la peinture* (du codex) 9.35 et du *chief del livre* 4612, naturellement conservées par Carroll. Mais en dehors de cela, l'histoire racontée (ou parfois sa source) est appelée *la geste* (17 occurrences) ou *la chançon* (cinq occurrences), termes absents chez Carroll. L'oralité que suppose ce dernier mot se redouble de multiples adresses de l'interprète à son auditoire, principalement par l'apostrophe *seignor* 'gentlemen' (plus de trente occurrences), et par l'emploi du verbe *oïr*. Carroll a fait disparaître cette apostrophe, dans le meilleur des cas évoquée par un pâle *you*, comme dans *Or vos dirai coment li Dodinanz Ovra. Seignor, soiiez mu et taisant : Ce que il fist orrez tot maintenant* 3.31 devenu *I will tell you how the Dodo managed it* ; en fait, il supprime la plupart de ces interventions, comme dans *Oez, seignor, ce que respondu a* 2618 réduit à *the Cat said* ; il arrive même que les signes d'oralité soient remplacés par des renvois à l'écrit et à la lecture : *Les Aventures que vos avez oïes Novelement en la chançon polie. Tant sont estranges* 12.72 (*all these strange Adventures of hers that you have just been reading about*).

Une des caractéristiques formelles de la chanson de geste est l'enchaînement de laisses par la reprise en des termes très proches au début d'une laisse de la fin de l'énoncé de la laisse précédente. La pratique est fréquente. Carroll, quant à lui, escamote toutes ces reprises. Ainsi, entre tant de réalisations, *Plus devint roge qu'escrevice bolie. Come charbons fu la Reïne roge* 12.65–12.66 se lit *turning purple*.

Disparues aussi les périphrases à qualifiant 'épique', telles que *li Someillos Lirons* 2967, *la Someillant Beste* 3112 ou *la Beste Someillose* 3091 devenues *the Dormouse*, ou comme *Alis la Blonde* 4437, *la Pucele as Beax Braz* 532, *la Tose o le Cler*

Vis 774, etc., etc. : une soixantaine de dénominations différentes uniformément rendues par *Alice* ou *she*.

Les arbres qui se rencontrent à l'assonance sous des noms variés et précis, selon une pratique courante dans les chansons de geste, *cormiers* 1705°, *oliviers* 2257°, *is* 2319°, se transforment en vagues *trees* ou *wood*.

D'une façon générale, tout se passe comme si Carroll avait systématiquement ôté vie et chair à des façons de s'exprimer typiquement médiévales, engagées dans la matière, et ce, en de multiples cas de figure. Nous allons le voir.

L'expression affective de la valeur minimale de type *ne valoir*, *ne prisier*, renforcés par *un / une os* 2296°, *alie* 3532°, *escharbot* 3613°, *poire* 3823°, *boton* 4050°, *angevin* 50°, 2541°, *festu* 33°, 226°, 4051°, se retrouve au mieux sous des formes telles que *never once, no use, at all*, où ne subsiste rien de palpable. Semblablement, pour signifier l'idée d'extraordinaire on utilise souvent des tours comme 'on ne verra rien de tel d'ici à Londres', etc. Disparues, dans ce type de contexte, les mentions de Chartres, de Poitiers, de Lyon, de Nantes, d'Angers, de Rubempré, de Montreuil, de Montpellier, du Loenois, de la Grèce, des rives du Tibre, de la Mer Rouge, du port de Tyr ; contentons-nous de citer *Que plus lonc some ne vit on jusqu'à Blois ! Some plus lonc ne vit on jusqu'à Londres* 12.70–12.71 devenu *what a long sleep you've had !*

Aalis a souvent recours à un tour du type 'elle ne le ferait pas pour tout l'or de Montpellier', 'elle ne le ferait pas si on lui donnait un monceau de pièces' pour traduire les notions de refus ou d'impossibilité de faire quelque chose. Là encore, Carroll sabre le concret ; ainsi *Atant trova que por tot l'or de Libe (Ce est ors noirs qui tante guerre atise) Ne peüst ele prendre la clef orine* 1.70 se mue en *she found she could not possibly reach it* ; et de la sorte sont perdus entre autres *por tote Baviere, qui vos donast Pontoise, por tot l'or de Palerme, por l'onor d'Abilant*, *por tot l'avoir de Tyr*, *por un mui de mansois*, de *deniers* ou de *mangons*.

Les comparaisons développées, ornement des textes médiévaux, sont également éliminées. J'ai évoqué la rougeur de la Reine ; ajoutons *Atant resplent ses douz vis et sa face, Plus cler devindrent que noif qui siet sor glace* 1.65 (*her face brightened up*), et *Contre une flor s'ala lors acoter Qui jaune estoit com burre naturel* 4.95 (*she leant against a buttercup*). De cette façon disparaissent encore les comparaisons impliquant les échantils *pluie et gresle*, *noif sor glace*, *noif sor pré*, *noif sor noire branche*, *s'el eüst mangié un mui de poivre*, *fueille de chol*, *gresle sor les chous Del vilain qui s'en despoire et si tort Ses poinz, à voiz escrïant : « Or sui morz ! »*, etc.

L'usage de comparaisons est particulièrement fréquent dans le texte pour exprimer des notions de durée, de lenteur ou de vitesse. Si Carroll a gardé un souvenir qu'on peut qualifier de médiéval dans *the executioner went off like an arrow* au chapitre 8 (le texte d'*Aalis* est d'ailleurs différent : *Et cil s'en cort plus tost qu'alerïons*), si *Vait s'en Alis corant plus tost que venz* 203 est plus ou moins conservé (*away went Alice like the wind*), partout ailleurs, l'élagage de Carroll est impitoyable, et il ne reste rien du riche répertoire d'activités physiques, animales ou humaines que déploie *Aalis* en ces circonstances. Jugez-en : à *Plus tost acorce que ne cort dains ne bisse Quant por les chiens s'en fuit par la gastine* 2.47 correspond *was going on shrinking rapidly* ; à *Plus tost que uns des ieuz uevre ne clot* 685 *in another moment* ; à *Quant li oisel et tuit ont coru tant Que on peüst mangier onze harens* 3.36 *when they had been running half an hour or so.* Toutes ces comparaisons, au nombre d'une trentaine, passent à la trappe : plus de course de zèbre, de vol de gerfaut, de faucon, ou d'hirondelle, plus de perdrix ou d'alouette en fuite, de guerrier revêtant ses armes, de tige d'ortie tranchée, de pigeon que l'on plume, d'oie qu'on échaude, de porc mis à rôtir, d'œuf de poule mis à cuire, de pot de cidre qu'on engloutit (catalogue non exhaustif), mais *in less than no time, in a very short time, for a minute, by the end of half an hour or so* et autres formules similaires.

Les personnages d'*Aalis*, tout comme leurs homologues médiévaux, parsèment leurs propos de *par mon chief, par ma teste, par ma foi, par mes braz, par ma coe fornie, par mes cointes jarrez*, etc. (noter que notre jeune héroïne ne s'autorise que *par ma foi*). Mis à part le souvenir de *Par mes oreilles* et *Par mes grenons* 1.34 (*Oh my ears and whiskers*), rien ne subsiste de la trentaine d'occurrences d'*Aalis* : le corps du moyen âge est trop encombrant pour notre Victorien !

Croyances et pratiques religieuses imbibent le texte médiéval. Il n'en reste pas trace chez le diacre anglican qu'était Carroll : *Puis qu'ui matin levai et messe oï* 1830, *Tant com dos o trois Ave Marïa Eüst on dit* 6.77, *ne l'estovra liier Com fol devant les prones au mostier* 6.79 se réduisent respectivement à *since then*, *after a minute or two*, *it wo'n't be raving mad*. Plus frappant encore : dans *Aalis* sont invoqués ou pris à témoins (y compris par l'héroïne) une bonne centaine de fois Jésus, Dieu et une kyrielle de saintes et (surtout) de saints (sous des formules plus ou moins étendues : depuis *Dieus, par saint André, par le cors saint Clement*, *par le chief saint Denis*, *par saint Pere de Rome*, *par toz les sainz del mont*, *por Dieu l'esperitable*, *se Dieus me doint santé*, et ainsi de suite) : Carroll a tout supprimé.

Ce faisant, Carroll obéit peut-être à des impératifs commerciaux : personne ne sera heurté dans ses croyances, et son livre pourra se diffuser dans l'univers.

Mais, paradoxalement, dans un mouvement inverse, il ancre son *Alice* dans l'Angleterre et dans le 19e siècle. Ainsi assiste-t-on à un chassé-croisé entre France et Angleterre, dont l'exemple quasi caricatural serait *Quant plus est on loing des François, Tant plus est on pres des Englois* 10.22 (*The further off from England the nearer is to France*) et un des plus radicaux *Le bel françois que on aprent à cort* 1449 (*good English*). La boisson nationale, *tea*, est omniprésente, avec son cérémonial et ses accessoires, *teacup*, *tea-party*, *tea-time*, *teapot*, *teaspoon* : ces mots ont remplacé des notations autrement pittoresques, *eve chaude bolie, chaude eve erbee, convive ò l'on doie eve boivre Qui chaude soit, senz vin et senz cervoise*…

En ce qui concerne la période, à part deux ou trois petits moments d'étourderie (*a scroll of parchment* et *the parchment-scroll*, qui reprennent le mot *parchemin* d'*Aalis* 4581° et 4692 – mais les neuf autres occurrences du mot ont été effacées – et *like an arrow* déjà cité), Carroll a éradiqué tout ce qui a trait à la civilisation médiévale d'oïl, en particulier les nombreuses désignations de monnaies qui, au mieux, deviennent *shillings*, *pence* et *pounds*. Et les merveilles de la technique triomphante se substituent aux activités humaines ou animales : *I wish I could shut up like a telescope* à *Biens m'en vendroit mout granz se je pooie Mon cors ploiier come cil garçon ploient Tentes et trés quant l'ost emprent sa voie* 1.48 et *shutting people up like telescopes* à *ploiier son cors senz soi derompre Com garçon font à droit senz nule fronce Quant ces aucubes ploient et torsent totes* 1.50 ; *up I goes like a sky-rocket* à *Lors vol en haut plus droit que li carriel Qui d'arbaleste sont trait devers le chiel* 4.67, *was snorting like a steam-engine* à *Come baleine sofle* 2503, *a railway station* à *voitures À charretons* 2.56 : la machine remplace le vivant.

Quoi qu'il en soit de l'ensemble énuméré supra, « distractions » ou substitutions, reste que Carroll suit de près *Aalis*. Outre le contenu narratif et son agencement, c'est ce que montre encore, de façon éclatante, le traitement qu'il fait subir à trois singularités de notre geste : la présence d'inserts, celle de traits linguistiques destinés à caractériser le parler de certains personnages et celle de jeux de mots.

Les alexandrins de la chronique de *Rou* 3.12 et suivantes sont singés par une lourde citation extraite d'un livre d'histoire de 1862. Partout ailleurs, les inserts d'*Aalis* sont transposés par des pièces en vers qui tranchent sur la prose du texte anglais. Certes, tant pour le sujet que pour la forme, Carroll n'a pas tenté d'imiter *Maistre Renarz* 2.37 et *De ses durs oncles* 10.56, 10.65 : sans doute a-t-il été retenu par le caractère exquisement français de ces poèmes que la plume de La Fontaine puis de Mallarmé ont métamorphosés en fleurons de notre littérature. Certes, la transposition de *Soricete, je t'envoi* 7.28–7.29, si elle respecte la forme du poème, n'en donne pas le sens, et celle de *Veus tu aler auques meins lent ?* 10.20 et suivantes, si elle rend le contenu, s'écarte de la forme originelle ; mais la traduction (car c'en est une) de *Sermone dur ton petit vasleton* 6.40, 6.43, fait également alterner vers longs et vers courts et, comme l'original, s'en tient à deux rimes, dont la disposition diffère toutefois. Pour tout le reste, les morceaux de Carroll respectent rigoureusement le sens, la disposition en vers longs et vers courts ainsi que celle des rimes ; et il y a plus : alors que l'auteure d'*Aalis* dans *Vos estes vieuz, Pere Martins* 5.22 et suivantes a repris deux paires de rimes, Carroll ne s'est pas permis ces facilités : dans sa traduction, aucune paire de rimes n'est répétée.

Touchant la coloration des parlers, on constate une salve de provençalismes aux laisses 4.46–4.49 dans la bouche du serviteur Guilhem ; Carroll les a démarqués par quelques traits de lexique ou de prononciation censément irlandais et a substitué le typique Pat à notre prénom provençal. Ailleurs, ce sont des picardismes qui manifestent le manque d'instruction de ceux qui les profèrent (ils sont du reste assez peu systématiques : on s'interroge sur les connaissances de l'auteure ou du scribe) ; Carroll les a remplacés (avec plus ou moins de constance) par des touches d'anglais relâché.

Voici le détail. Le *cheler* de la cuisinière 4942 s'insère dans un discours rendu par *Sha'n't*. Concernant les serviteurs du Blanc Conin, Carroll a très scrupuleusement placé des traits d'anglais non académique dans les mêmes énoncés que ceux qui contiennent des picardismes, quoique en général pas exactement aux mêmes mots. La laisse 4.55 en est une bonne illustration : *j'en devoie une sole Aporter chi* (*I hadn't to bring but one*), *À chest coron les drece* (*put 'em up at this corner*), *ses loie ensemble, pas n'en groche* (*tie 'em together*) et cf. encore 4.58, 4.65 à 4.67. Il en va de même dans une certaine mesure du jardinier Dos en 8.7 : *Chis rosiers chi* (*this here*), *Ainchois que la Reïne viegne* (*afore she comes*) ; mais ensuite, Carroll cesse de rendre les picardismes de Dos : *Merchi* et *metiens* de 8.24 sont sans écho. Il agit pareillement à propos du Griffon : cinq occurrences rendent par un anglais relâché des passages semés de picardismes : *Nul jor n'ochïent nului en cheste terre* 3949 et *Onc n'i perdi le kief ne chil ne chil* 3951 (*they never executes nobody*), *Tot est dedenz son kief : Pas nes deüst doloir* 9.41 (*It's all his fancy, that : he hasn't got no sorrow*), *Icheste damisele, El veut conoistre vostre estoire et vo geste* 9.42 (*This here young lady* [...], *she wants for to know your history, she do*) ; mais, alors que dans *Aalis*, le Griffon picardise jusqu'à la fin, Carroll n'a pas tenu compte des autres occurrences de traits picards qui émaillent son parler ; s'il l'avait fait, il aurait dû trouver en tout une trentaine d'équivalences supplémentaires pour imiter notre Griffon !

Reste que Carroll s'est appliqué à rendre par des procédés langagiers des traits d'*Aalis* qui le sont aussi. Cette attitude se retrouve à un degré suprême s'agissant d'une des caractéristiques d'*Aalis* les plus étonnantes, la présence de multiples jeux de mots. S'il arrive que Carroll en omette (tel est le sort du délirant *No ferai* 1180), ou que ses jeux soient moins élaborés que dans notre texte, ainsi qu'on le voit dans *Com je plus ai de mostarde en ma mine, Et meins as tu de t'ostarde en ta tine* 9.21 (*The more there is of mine, the less there is of yours*), la plupart du temps, il réussit à trouver des équivalents. Certains paraissent simples, comme *porpoise / purpose* répondant à *porpois / porpos* 10.41–10.42, *pig / fig* à *porceaus / forceaus* 6.81, *He taught Laughing and Grief* à *il enseignoit Glatin Et Gré* 9.66 (assez fort, à vrai dire). D'autres sont plus complexes, notamment ceux qui dans *Aalis* s'articulent sur plusieurs vers autour de mots ou de sens de mots créés par l'auteure, comme *couteplaiier*, *espuisier*, *esteignement*, *plentitude*, *roget*, *Tortüel* (voir les références au Glossaire). Un exemple suffira. « *– Par P comencent, si com pieges à nües, Et les planetes, et pens, et plentitude – Vos savez bien que l'on dit par costume 'Rose et flor de rosier, plante sont une' – Veïstes vos onques en portraiture Semblance nule qui fust de plentitude ?* » 7.48 donne chez Carroll « *—that begins with an M, such as mouse-traps, and the moon, and memory, and muchness—you know you say things are 'much of a muchness'—did you ever see such a thing as a drawing of a muchness?* » : l'auteur anglais peut réaliser des prouesses. Il arrive même qu'*Alice* soit supérieur à l'original : *soreplus* 4052°, 4068 n'est pas à la hauteur des carrolliens *extras*, *extra*, ni *Feindre à uile, à onde* 4112 de *Drawling, Stretching, and Fainting in Coils*. Or, c'est une cinquantaine de fois que notre mathématicien se met en devoir de rendre les jeux de mots d'*Aalis*, sans esquiver des difficultés qui peuvent être redoutables.

En somme le professeur d'Oxford a adopté une double attitude face à son modèle. D'une part, il a soigneusement supprimé d'innombrables notations concrètes, pleines de chair et de vie, qui animent le texte médiéval. D'autre part, non moins soigneusement, il s'est efforcé de respecter tout ce qui dans *Aalis* pourrait être qualifié de cérébral, en se livrant à d'exténuantes contorsions verbales. En sorte que si *Alice's Adventures in Wonderland* est devenu un classique de la littérature enfantine, tout en étant dépourvu de l'humour tendre et chaleureux qui illumine d'autres classiques de cette littérature, cela s'explique par les traitements qu'a fait subir un Anglais singulier à un récit d'oïl qui ne l'est pas moins.

Comme je n'ai pas le droit de décrire le manuscrit, je ne m'étendrai pas sur la **toilette** du texte.

J'adresse mes **remerciements** chaleureux à celles et ceux qui ont bien voulu répondre à mes questions : Stefania Cerritto, Hélène Christol, Elena De la Cruz, Janet Gannon, Denis Hüe, Bob Lamb, Alexis Lansbury, Brian S. Lee, Bron Manning, Takeshi Matsumura, Frankwalt Möhren, et Byron W. Sewell. Ma gratitude va particulièrement à Pierre Nobel, qui a bien voulu relire la présente introduction, et à Michael Everson pour sa patience.

May Plouzeau
Marseille 2017

Introduction

The **manuscript** published here for the first time contains our text only (*Aalis* hereafter) and seems to be the sole known copy. Although the owner of the manuscript is unwilling to have the manuscript described in detail, he has kindly allowed me to reproduce here the end of the colophon as follows: "l'escrist l'an de l'Incarnation de Nostre Seignor .mil.cc.IIII^{xx}.III.moins." The manuscript is the work of one hand only and was transcribed in AD 1277. Although on occasion imitating the language of the author, particularly at the end of lines, the quite regular[1] spelling is free of any distinctively regional characteristics.

The author's dialect, however, is quite another matter.

As is apparent from the Glossary the author's vocabulary is very strongly western.

The following phonological features should be noted: at the end of lines, Latin closed *o* in stressed open syllables remains undiphthongized and there are no exceptions; Latin *pectus*

1 Within lines, I have noticed inconsistency only in *del* and *du* (= *de le*), *tie-* and *te-* in the *-s* cases of *tel* (but always *quie-* in the *-s* cases of *quel*), *Porrïons* 2999 against *-iiens* everywhere else except at the end of lines.

has become *pez* 4952°[2] (and cf. *Vancé* 3006°, *lez* 'beds' 1244°); blocked *ai* is monophthongized almost everywhere; and finally *ei* in *teneit* 971° and *creistre* 1412° represents an open *è*.

The following morphological features are worthy of note: *el* 'she' before consonants, *eus* 'they' (fem.) as subject 3913; in final position in the line one should notice: *lié* 'her' 1190°, 2492°, 5396°, *amoe* 'loved' (1sg. imperf.) 1284°, and the frequent use of *-ot* in the imperfect (about 15 examples), and also preterites in *-ié* such as *atendié, entendié*, etc. (more than 20 examples).

At the morphosyntactical level the text exhibits a dozen examples of *vos* reduced to *os* in *sos plaist*, *ços afi, ços pri*, *quos* (= *que vos*), *avos* (= *avez vos*).

All these features are western. Features that are to be localized elsewhere are discussed below.

The question of the **date of composition** must now be determined.

On the one hand the text contains late features, for example, the sporadic confusion of open *è* and closed *é* in assonance (for example in 2.28[3] or 2.69) and *reverrai* in 1259°. On the other hand the author avoids features which occur in the thirteenth century. Apart from the imperfect *metiens* 3885, (see below), hiatus remains and declension seems to be intact. If one excludes the monophthongization of blocked *ai,* which can be perfectly well explained as a western feature, there is no suggestion that diphthongs and triphthongs have lost their original value; compare, among many other examples, the assonance with *conduite* 10°, *puis* 30°, *mieudre* 185°, *tropeaus* 893°, *coup* 2032°; we even find

2 The character "°" after a line number signifies that the word referenced in that manner occurs at the end of the line.

3 It is sometimes convenient to refer to laisse numbers rather than to line numbers: a reference which includes a full stop inside a sequence of numbers is the number of a laisse.

taist 2882° and *plait* 3000° among the assonating laisses in A! Further there is no suggestion that *o* or *ie* have been nasalized: compare for instance the assonance with *ombres* 197° and with *gient* 263°. Even more decisive is the retention almost 30 times of enclitic forms and of contractions which had disappeared by the thirteenth century: *lem* (= *le me*), *nem* (= *ne me*), *nes* (= *ne se*), *net* (= *ne te*), *quel* (= *que le*), *quim* (= *qui me*), *quin* (= *qui en*), *quis* (= *qui les*), *quist* (= *qui est*), *sim* (= *si me*), *sis* (= *si se*).

The metrical form of *Aalis*, with assonating lines of ten syllables gives the text the appearance of an ancient *chanson de geste*. Could it perhaps be a very old text?

Allusions to earlier texts or conscious imitation of them indicate that such a hypothesis is not tenable. If the personal name *Guiborc* 564° refers to epics composed over a period too long to allow any relative chronology, the same is not true for 3.12 and following where there are thinly disguised quotations from *Rou* (composed c. 1170), nor for the use of the personal name *Enide* 623°, *Enid* (!) 569°, 590°, 613° (Chrétien wrote *Erec et Enide* c. 1170), for the development of the *ipopotamos* 731°, an allusion to *Roman d'Alexandre* (c. 1185), for the references to *Renart* in 8.36 (those portions with which the author could have been familiar were composed between 1186 and 1204), and above all for the echoes of *Aucassin et Nicolete* (first half of the thirteenth century) in 1.26, in the song of 7.28–7.29 and perhaps for the mere insertion of songs into the text, and for the borrowings from *la Chevalerie d'Ogier de Danemarche* (first third of the thirteenth century) about *flaon* 335°, *matons* 337°, and line 336. Thus the line *Il est escrit en l'anciiene geste* 1421 was not borrowed by the *Chanson de Roland* from our text, but by our text from the *Chanson de Roland*. Similarly *Plore des ieuz, tire sa blanche barbe* 4950 and *Ainz que la cort se fust aperceüe, De pasmaison garie et revenue* 4975–4976, are imitations in our text of the *Chanson de Roland* rather than the other way round.

In short, *Aalis* was composed in the thirteenth century, perhaps in the first half, by someone who took delight in profane literature and who did not recoil before the practice of linguistic archaism.

We can now say a little more about this person. That **the author** is a woman is clearly shown by *vive* 3227° in *à poi n'enrage vive*. The western features of her dialect may indicate her background. She is familiar with *Vancé* 3006°, a hamlet in the department of Sarthe, and the local stream, the *Tusson* 3007. At the same time she is not bound by the western dialect: *que vos* is found alongside *quos*; as far as assonance in OI is concerned, we on occasion find words which never appear together in earlier western texts. (Her laisses with an assonance in OI.E are impeccable, by the way.) At the end of lines one finds *piz* alongside *pez, li* 'her' beside *lié,* forms like *parloit* as well as forms like *parlot*, and forms like *atendi* beside *atendié.* The word *seroiz* 1854° may be eastern in origin, if it is not an archaism. The verb *ongier* (see the Glossary below) may derive from Chrétien. *Erbor* 1249° is Picard.

Such linguistic mixtures are not uncommon in the narrative literature of the thirteenth century. What is distinctive here is the audacious way in which our author takes advantage of the possibilities offered by the literary genres of her time to produce a **most uncommon text**. The decasyllabic lines of the narrative always suppress the internal *e* of epic poetry, but are otherwise highly irregular, displacing the position of the caesura and making use of enjambement and run-on lines reminiscent of the mannered octosyllabics of *Meraugis*. There are long sections in alexandrines (3.12, 3.15, 3,19), songs and poems in various metres are inserted, which for the most part rhyme perfectly.

More remarkably perhaps we find characters using a local dialect with a Picard or Provençal admixture, and it is apparent either from the metre that such features cannot be simply scribal (*coron* 1567, *metiens* 3885, *no* 'our' 1585, *vo* 'your' 3977, 4044) or from their position in the assonance (*carriel* 1628° and *cherviel* 4096°); in other cases the spellings are so different from the rest of the text and they are so emphatically put in the mouth of this or that character, that one is compelled to ascribe them to the author, whose idiosyncracies would have been followed by the scribe. Finally *Aalis* contains a large number of puns, a feature which gives the text its distinctive quality.

The influence of the text on following generations has been of the greatest importance, even if the route of transmission remains obscure. Shakespeare had wind of *Zat is ze questïon* 5283; La Fontaine was strongly influenced by the fable recited at 2.37; Lamartine knew the opening lines of the introductory poem; Balzac may well have taken from *Aalis* the beautiful name *Rubempré* 4327°; the phrase *confiture esquise as bons poetes* 75 clearly delighted Rimbaud; Mallarmé reworked *De ses durs oncles haut soslevant les nombriz, Langoste*, etc. (10.56, 10.65); *Macha, Olga et Irina* 3024 are found in Chekhov; and *l'eve (chaude* or *bolie*) together with the *rostiës* which accompany it (7.1, 3057, 11.36, 11.56, 11.66, 12.83) were picked up by the authors of *Asterix*.

However widespread are the borrowings from our text in other authors, **Lewis Carroll** in a most remarkable fashion has slavishly followed *Aalis* incident by incident in his *Alice's Adventures in Wonderland*.[4] At the same time he has gone to

4 Hereafter *Alice*, quoted from the Macmillan edition, London, 1898, 87th thousand.

great efforts to suppress any sign that his work is based on a medieval French narrative poem.

Let us look for a moment at his *modus operandi*.

Notice first that *Aalis* like other late medieval epic poems in French occasionally refers to the written form of the story. *Aalis* mentions *la peinture* (of the codex) 9.35 and the *chief del livre* 4612, which naturally enough Carroll retains. Apart from this, the story (or on occasion its source) is referred to as *la geste* (17 times) or *la chançon* (five times), neither of which terms occurs in Carroll. The term *chançon* itself suggests oral performance, an impression reinforced by the constant appeal by the narrator to his listeners, mostly by the use of the word *seignor* 'gentlemen' (over 30 instances) and by the use of the verb *oïr* 'to hear'. Carroll does not use this appellation, replacing it with a rather feeble *you*, as in *Or vos dirai coment li Dodinanz Ovra. Seignor, soiiez mu et taisant: Ce que il fist orrez tot maintenant* 3.31 which becomes *I will tell you how the Dodo managed it.* In fact Carroll suppresses most of these instances, for example, *Oez, seignor, ce que respondu a* 2618 is reduced to *the Cat said.* There are even occasions where allusions to oral performance are replaced by references to reading and writing: *Les Aventures que vos avez oïes Novelement en la chançon polie. Tant sont estranges* 12.72 becomes *all these strange Adventures of hers that you have just been reading about.*

One of the distinctive features of the medieval French narrative poem is the frequent use at the beginning of a laisse of notions appearing at the end of the previous laisse. Carroll has suppressed all such repetitions. For example one might cite *Plus devint roge qu'escrevice bolie. Come charbons fu la Reïne roge* 12.65–12.66 where Carroll reads *turning purple.*

All periphrastic "heroic" appellations have been removed. Thus, for example, *li Someillos Lirons* 2967, *la Someillant Beste* 3112 or *la Beste Someillose* 3091 becoming *the Dormouse*, or such as *Alis la Blonde* 4437, *la Pucele as Beax*

Braz 532, *la Tose o le Cler Vis* 774, etc., etc.: some 60 instances in all have been uniformly reduced to *Alice* or *she*.

The trees, which in assonance are given precise and varied names, as is customary in poetry of this kind, e.g. *cormiers* 1705°, *oliviers* 2257°, *is* 2319° are all reduced to *trees* or *wood*.

Generally speaking Carroll has systematically divested all medieval idioms of any colour they may have had. This can be seen in the following examples:

When expressing the idea of nullity the verbs *ne valoir, ne prisier,* reinforced by *un / une os* 2296°, *alie* 3532°, *escharbot* 3613°, *poire* 3823°, *boton* 4050°, *angevin* 50°, 2541°, *festu* 33°, 226°, 4051°, are all reduced to insipid expressions like *never once*, *no use*, *not at all*. The same is true when indicating something extraordinary: expressions of the sort "one would not see such a thing from here to London", etc., have all been omitted and there are in consequence no allusions to Chartres, Poitiers, Lyon, Nantes, Angers, Rubempré, Montreuil, Montpellier, Loenois, Greece, the banks of the Tiber, the Red Sea, or the port of Tyre. Thus *Que plus lonc some ne vit on jusqu'à Blois! Some plus lonc ne vit on jusqu'à Londres* 12.70–12.71 appears in English simply as *what a long sleep you've had!*

Aalis also on occasion uses sentences like "she would not do it if she were given all the gold of Montpellier" or "she would not do it if she were given a heap of coins". Here again such concrete expressions are removed. Thus *Atant trova que por tot l'or de Libe (Ce est ors noirs qui tante guerre atise) Ne peüst ele prendre la clef orine* 1.70 has become *she found she could not possibly reach it*. Other idioms of this kind are lost entirely, such as *por tote Baviere, qui vos donast Pontoise, por tot l'or de Palerme*, *por l'onor d'Abilant*, *por tot l'avoir de Tyr*, *por un mui de mansois*, or *de deniers* or *de mangons*.

The ornate similes which are a frequent ornamentation in medieval texts are also eliminated. I have already mentioned the red colour of the Queen. Here we could also cite *Atant resplent ses douz vis et sa face, Plus cler devindrent que noif qui siet sor glace* 1.65 (*her face brightened up*), and *Contre une flor s'ala lors acoter Qui jaune estoit com burre naturel* 4.95 (*she leant against a buttercup*). Similes using *pluie et gresle, noif sor glace, noif sor pré, noif sor noire branche, s'el eüst mangié un mui de poivre, fueille de chol, gresle sor les chous Del vilain qui s'en despoire et si tort Ses poinz, à voiz escrïant: «Or sui morz!»* etc., have all disappeared.

Similes are particularly frequent in the text when expressing notions of duration, tardiness, or speed. Carroll appears to have maintained echoes of a medieval idiom in *the executioner went off like an arrow* in Chapter VIII (the text of *Aalis* nonetheless is different: *Et cil s'en cort plus tost qu'alerïons*), and *Vait s'en Alis corant plus tost que venz* 203 is partially maintained in *away went Alice like the wind*. Everywhere else Carroll prunes without mercy, and nothing remains of the rich repertoire of physical, animal or human comparisons in the French text. Consider: *Plus tost acorce que ne cort dains ne bisse Quant por les chiens s'en fuit par la gastine* 2.47 is replaced by *was going on shrinking rapidly*; *Plus tost que uns des ieuz uevre ne clot* 685 is replaced by *in another moment*; *Quant li oisel et tuit ont coru tant Que on peüst mangier onze harens* 3.36 is replaced by *when they had been running half an hour or so*. All these comparisons, about 30 in number, are omitted. In the French text we read of the zebra's run; of the flight of the gyrfalcon, the falcon, the swallow; of partridges and of larks in flight; moreover the warrior takes up his arms, the stalk of the nettle is sliced, the pigeon is plucked, the goose is cooked, the pork is set to roast, the hen's egg is boiled, the tankard of cider is quaffed (this list is not exhaustive), but in Carroll's text these become *in less than no time, in a very short time, for a minute, by the end of half an hour or so* and similar colourless expressions.

The characters in *Aalis*, like their medieval counterparts, sprinkle their speech with *par mon chief, par ma teste, par ma foi, par mes braz, par ma coe fornie, par mes cointes jarrez*, etc. (note that our young heroine permits herself only *par ma foi*). Apart from the memory of *Par mes oreilles* and *Par mes grenons* 1.34 (*Oh my ears and whiskers*), nothing remains of such asseverations in *Aalis* (about 30 occurrences). It seems that the Victorian author found such medieval expressions distasteful!

The medieval text is replete with allusions to religious belief and practice. These Carroll, the Anglican deacon, has omitted: *Puis qu'ui matin levai et messe oï* 1830, *Tant com dos o trois Ave Marïa Eüst on dit* 6.77, *ne l'estovra liier Com fol devant les prones au mostier* 6.79 are respectively reduced to *since then, after a minute or two, it won't be raving mad*. Even more striking: in *Aalis,* the names of Jesus, God, and a multitude of saints (mostly male) are invoked as witness (even by the heroine herself) at least a hundred times in more or less extended formulas: *Dieus, par saint André, par le cors saint Clement*, *par le chief saint Denis*, *par saint Pere de Rome*, *par toz les sainz del mont*, *por Dieu l'esperitable*, *se Dieus me doint santé*, and many more. These Carroll has suppressed entirely.

One must assume that by suppressing these allusions Carroll was yielding to commercial imperatives. By removing all reference to medieval belief and practice Carroll was ensuring the religious sensibility of his readers would not be offended. Otherwise his book might not have been acceptable in all quarters.

Conversely and paradoxically Carroll sets his *Alice* in nineteenth century England. In this way his text exhibits continuous interchanges between the designations of France and England, for example in *Quant plus est on loing des François, Tant plus est on pres des Englois* 10.22 which appears as *The further off from England the nearer is to*

France. More striking still *Le bel françois que on aprent à cort* 1449 (*good English*). Tea, the English national drink is omnipresent in Carroll's text together with its rituals and accessories, *teacup*, *tea-party*, *tea-time*, *teapot*, *teaspoon*. These items have replaced the expressions of the original, *eve chaude bolie, chaude eve erbee, convive ò l'on doie eve boivre Qui chaude soit, senz vin et senz cervoise…*

As far as the period in which his work is set, apart from a very few occasions of forgetfulness (*a scroll of parchment* and *the parchment-scroll*, taking up the word *parchemin* from *Aalis* 4581° and 4692—all the other instances of the word having been suppressed—and *like an arrow,* already cited), Carroll has removed any allusion to medieval civilization. This is particularly true with respect to money, where all designations of currency have been replaced by *pounds*, *shillings,* and *pence*. Moreover the triumphs of contemporary technology replace human or animal activity: *I wish I could shut up like a telescope* renders *Biens m'en vendroit mout granz se je pooie Mon cors ploiier come cil garçon ploient Tentes et trés quant l'ost emprent sa voie* 1.48 and *shutting people up like telescopes* translates *ploiier son cors senz soi derompre Com garçon font à droit senz nule fronce Quant ces aucubes ploient et torsent totes* 1.50; *up I goes like a sky-rocket* is Carroll's substitution for *Lors vol en haut plus droit que li carriel Qui d'arbaleste sont trait devers le chiel* 4.67, his *was snorting like a steam-engine* renders *Come baleine sofle* 2503, and Carroll writes *a railway station* for *voitures À charretons* 2.56. In every case the machine replaces the living person.

Apart from the various suppressions, omissions and substitutions listed above, Carroll follows *Aalis* closely. This is true not only for the content of the narrative and its arrangement, it is also most notably apparent in the way in which he maintained three distinctive features of the French poem: the insertion of other compositions, dialect as a distinctive marker of the speech of certain characters and wordplay.

The alexandrines of the chronicle of *Rou* 3.12 and following are imitated by a long quotation in the English text from a history book of 1862. Throughout the inserts of *Aalis* are represented in the English text by verse portions which interrupt the prose. Carroll attempted to imitate neither *Maistre Renarz* 2.37 nor *De ses durs oncles* 10.56, 10.65. Presumably he did not feel equal to such a task because of the exquisite diction of these two portions, which at a later date La Fontaine and Mallarmé transmuted into jewels of French poetry. The English version of *Soricete, je t'envoi* 7.28–7.29 follows closely the form of the French without translating the sense. The English version of *Veus tu aler auques meins lent?* 10.20 and following, reproduces the subject-matter, but differs from it in form. On the other hand the translation of *Sermone dur ton petit vasleton* 6.40, 6.43 (and it is indeed a translation) of alternating long and short lines like the original confines itself to two rhymes; their format in the translation is, however, different from the original. Everywhere else Carroll's verse adheres closely to the meaning, the arrangement of long and short lines and of the rhymes of the original. Moroever, the author of *Vos estes vieuz, Pere Martins* 5.22 and following repeats two pairs of rhymes, while Carroll in his translation does not allow himself this facility. In his translation no pair of rhymes is repeated.

As far as the register of the spoken language is concerned, one notices a whole series of provençal forms in laisses 4.46–4.49 in the speech of Guilhem the servant. Carroll has rendered these either with distinctive elements of vocabulary or by apparently Hiberno-English pronunciation. Moroever for the Provençal given name he has substituted the typically Irish forename Pat. Elsewhere there are a number of Picardisms which indicate the lack of education of those who use them. But the rendering of the dialect is unsystematic. One wonders whether the author or the scribe were really familiar with the matter in hand. Carroll has replaced them, more or less consistently, with traces of substandard English.

Here are some further points. The cook's *cheler* 4942 is inserted into a discourse which is rendered by *Sha'n't*. Concerning the servants of the White Rabbit, Carroll with scrupulous attention to his original puts substandard language in the discourses that contain Picardisms in *Aalis*. Laisse 4.55 gives us a good example: *j'en devoie une sole Aporter chi* (*I hadn't to bring but one*), *À chest coron les drece* (*put 'em up at this corner*), *ses loie ensemble, pas n'en groche* (*tie 'em together*) and cf. again 4.58, 4.65 to 4.67. The same is true to an extent for the gardener Dos at 8.7: *Chis rosiers chi* (*this here*), *Ainchois que la Reïne viegne* (*afore she comes*); but thereafter Carroll no longer renders Dos's Picardisms: *Merchi* and *metiens* at 8.24 are ignored. Carroll acts similarly concerning the Gryphon: on five occasions substandard English translates passages replete with Picard dialect: *Nul jor n'ochïent nului en cheste terre* 3949 and *Onc n'i perdi le kief ne chil ne chil* 3951 (*they never executes nobody*), *Tot est dedenz son kief: Pas nes deüst doloir* 9.41 (*It's all his fancy, that: he hasn't got no sorrow*), *Icheste damisele, El veut conoistre vostre estoire et vo geste* 9.42 (*This here young lady* [...], *she wants for to know your history, she do*). On the other hand in *Aalis* the Gryphon uses the language of Picardy throughout, but Carroll ignores the rest of the Picard forms uttered by the Gryphon. Had he attempted to render all these, he would have had to find a grand total of 30 additional forms to imitate adequately the Gryphon's Picard speech!

Carroll is determined throughout to imitate as far as he can the linguistic traits of *Aalis* thus making them his own. This determination is to be found most notably in one of the unique characteristics of *Aalis*, that is to say its continuous wordplay. On occasion, it must be admitted, Carroll does not attempt to translate (for example in the case of the exuberant *No ferai* 1180). His wordplay is also sometimes less elaborate than that of his French original, for example in *Com je plus ai de mostarde en ma mine, Et meins as tu de t'ostarde en ta tine* 9.21 (*The more there is of mine, the less there is of yours*). Most frequently, however, Carroll succeeds in finding equivalents. Some are simple, for example, *porpoise / purpose* corresponding to *porpois / porpos* 10.41–10.42, *pig / fig* to *porceaus / forceaus* 6.81, *He taught Laughing and Grief* to *il enseignoit Glatin et Gré* 9.66 (one has to admit that is rather clever). Others are more complex, notably those in *Aalis* which involve the words or the context of words invented by the author, for example, *couteplaiier*, *espuisier*, *esteignement*, *plentitude*, *roget*, *Tortüel*. (See references in the Glossary.) One example will suffice. "*– Par P comencent, si com pieges à nües, Et les planetes, et pens, et plentitude – Vos savez bien que l'on dit par costume 'Rose et flor de rosier, plante sont une' – Veïstes vos onques en portraiture Semblance nule qui fust de plentitude?*" 7.48 becomes in Carroll "*—that begins with an M, such as mouse-traps, and the moon, and memory, and muchness—you know you say things are 'much of a muchness'—did you ever see such a thing as a drawing of a muchness?*": the English author is here showing his genius. On occasion it may even be that *Alice* is superior to the original: *soreplus* 4052°, 4068 is not as clever as the Carrollian *extras, extra.* Similarly *Feindre à uile, à onde* 4112 lacks the brilliance of Carroll's *Drawling, Stretching, and Fainting in Coils*. On at least fifty occasions our mathematician author gives himself the almost impossibly difficult task of translating the puns of *Aalis*.

To sum up we can say that the Oxford don in his attempt to render the French original adopts two radically different approaches. On the one hand he meticulously suppresses countless concrete notions animating the medieval text. On the other hand and equally meticulously he compells himself to respect all the cerebral aspects of *Aalis* and in so doing leads himself into various verbal contortions. The result is that *Alice's Adventures in Wonderland* has become a classic of children's literature. The English text, it must be admitted, lacks the tender and warm humour of many other classics of the genre, a fact which can be explained by the way in which an English writer dealt in his inimitable way with a unique story in Oïl.

Since I am not entitled to give a detailed description of the manuscript of *Aalis*, I will not here give any account of my **editorial method**.

I address my warm **thanks** to all those who so willingly answered my queries: Stefania Cerritto, Hélène Christol, Elena De la Cruz, Janet Gannon, Denis Hüe, Bob Lamb, Alexis Lansbury, Brian S. Lee, Bron Manning, Takeshi Matsumura, Frankwalt Möhren, and Byron W. Sewell. I am particularly grateful to Pierre Nobel who checked the French introduction. My thanks also to Michael Everson for his patience.

May Plouzeau
Marseille 2017

Illustrer *Alice* au 13e siècle

Cela a été pour moi un très grand plaisir de travailler avec Byron W. Sewell sur un certain nombre de projets carrolliens, depuis ses extensions snarkiennes jusqu'à ses parodies alicéennes, *Alix's Adventures in Wonderland : Lewis Carroll's Nightmare*, *Alice's Bad Hair Day in Wonderland* et *Álopk's Adventures in Goatland.*

Quand *Alice* est transporté dans un univers parallèle, comme dans *Alice's Adventures in an Appalachian Wonderland* de Byron, comme dans les *Aventures of Alys in Wondyr Lond* de Brian S. Lee en moyen anglais, ou comme dans le gotique *Balþos Gadedeis Aþalhaidais in Sildaleikalanda* de David Alexander Carlton, non seulement le texte doit être anachronique et vraisemblable, mais en outre, les illustrations doivent servir le texte. J'ai eu l'idée de faire sentir au lecteur à quel point est en fait difficile – et amusante – la pratique de cet exercice.

Dans cette édition en vieux français, il a été possible d'utiliser certaines des illustrations des versions en moyen anglais et en gotique, bien que nous présentions de nouvelles illustrations propres à cette édition quand celles-là auraient été anachroniques ou incorrectes pour d'autres raisons.

Dans le frontispice et ailleurs, les habits d'un Roi et d'une Reine et d'autres membres d'une cour du treizième siècle ne peuvent être placés à l'époque Tudor d'un paquet de cartes moderne. Ici, nous avons fondé nos costumes sur celle de Louis IX. La mise d'Aalis se fonde sur celle d'une enfant qui était plus ou moins de la même classe sociale (relativement) qu'Alice Liddell. Quand il n'est pas à la cour, *le Blanc Conin* (le Lapin Blanc) porte un manteau ordinaire de marchand (différent de celui de l'édition en moyen anglais) et porte un astrolabe au lieu d'une montre. À la cour, il porte un tabard médiéval identique à celui qu'a dessiné Tenniel, bien que son col soit différent et qu'il porte des chaussures médiévales. La trompe dans laquelle il souffle a la forme d'une buisine de l'époque.

La Chenille fume des herbes aromatiques à travers un tuyau de verre, et son attirail est étalé à côté d'elle sur le champignon (p. 82). Les vêtements de Père Martin et de son fils (p. 86 à 89) ont été empruntés à l'édition gotique parce qu'ils caractérisent les paysans. Les livrées du serviteur *l'Escuier Grenoille* et du messager *l'Escuier Poisson* sont acceptables pour la période de Louis IX (p. 102).

Comme dans l'édition en moyen anglais, nous avons légèrement triché en conservant tels quels les habits de la Duchesse, car ils avaient été fondés par Tenniel sur le tableau du peintre flamand Quentin Matsys, *La Duchesse Repoussante*, de ca 1513 (p. 105, p. 161).

En général ameublement et effets ont été médiévalisés. Le peigne médiéval que tient la Langouste présente un certain intérêt (p. 189).

Tandis que les Cœurs et les Carreaux ont la même forme dans l'héraldique médiévale que dans les cartes à jouer modernes, le Pique des cartes a été remplacé par la pointe d'une pique et le Trèfle par une feuille de trèfle. La hache du bourreau au chapitre VIII ressemble à celle des bourreaux du temps (bien que l'épée fût plus courante) et également à la hache héraldique.

Cela a été un grand plaisir de travailler tant avec May Plouzeau qu'avec Byron W. Sewell pour préparer les illustrations du présent volume. « Et de coi sert uns livre ò n'a peintures / Ne parlemenz ? » pense Alis la Menue.

Michael Everson
Portlaoise, 2017

On Illustrating *Alice* in the 13th century

It has been my very great pleasure to work with Byron W. Sewell on a number of Carrollian projects, from his Snarkian extensions to his Alician parodies *Alix's Adventures in Wonderland: Lewis Carroll's Nightmare*, *Alice's Bad Hair Day in Wonderland*, and *Álopk's Adventures in Goatland*.

When *Alice* is transported to a parallel universe, as in Byron's *Alice's Adventures in an Appalachian Wonderland*, as in Brian S. Lee's Middle English *Aventures of Alys in Wondyr Lond*, or as in David Alexander Carlton's Gothic *Balþos Gadedeis Aþalhaidais in Sildaleikalanda*, not only has the text to be anachronistic and believable—but the illustrations must serve the text as well. It occurred to me to share with the reader just how difficult—and how much fun—this exercise actually is.

In this Old French edition, it has been possible to make use of some of the Middle English and Gothic illustrations, though we present new illustrations unique to this edition where those would have been anachronistic or otherwise incorrect.

In the frontispiece and elsewhere, the attire of a thirteenth-century King and Queen and other royals cannot be set in the Tudor period of the modern deck of cards. Here, we based our costuming on that of Louis IX. Aalis' dress is based on the attire of a child who was more or less of the same relative social class as Alice Liddell. When not at court, *le Blanc Conin* (the White Rabbit) wears an ordinary merchant's coat (different from that in the Middle English edition) and carries an astrolabe rather than a watch. At court, he wears a medieval tabard identical to that which Tenniel drew, though his collar is different and he wears medieval shoes. The trompe he blows has the shape of a period buisine.

La Chenille (the Caterpillar) is smoking sweet-smelling herbs from a glass waterpipe, her paraphernalia laid out on the mushroom beside her (p. 82). The clothes of Père Martin and his son (pp. 86–89) were taken from the Gothic edition, as peasant attire is generic enough. The liveries of the house-servant *l'Escuier Grenoille* (the Frog Squire) and the messenger *l'Escuier Poisson* (the Fish Squire) are suitable for the period of Louis IX (p. 102).

As in the Middle English edition, we have cheated a bit in keeping the Duchess' attire as it was, it having been based by Tenniel on Flemish artist Quentin Matsys' painting *The Ugly Duchess*, c. 1513 (pp. 105, 161).

In general the furniture and accoutrements have been medievalized. Of some interest is the medieval comb held by the Lobster (p. 189).

While Hearts and Diamonds (or Lozenges) have the same shape in medieval heraldry as they do in modern playing cards, Spades have been replaced by the spearhead of a Pike and Clubs by the Trefoil. The executioner's axe in Chapter VIII resembles those of period executioners (though the sword was more common) as well as the heraldic axe.

It has been a great pleasure working with both May Plouzeau and Byron W. Sewell preparing the illustrations for this volume. "Et de coi sert uns livre ò n'a peintures / Ne parlemenz?" pense Alis la Menue.

Michael Everson
Portlaoise, 2017

La geste d'Aalis el Païs de Merveilles

Ci devise coment la geste est ordenee

Un soir – t'en sovient il ? – nagiiens nos en pais 0.1
Et sis petites mains,
Qui ne l'orent apris, en l'air cler et seri
Manïoient noz reins
Et cuidoient guiier tot droit nostre maisniee
O petiz esforz vains.

Ah ! Crüeus sont les Trois qui requierent un conte 0.2
Sor les paisibles ondes
D'un ome qui d'un sofle ne savroit movoir
Nules plumes d'arondes !
Mais dites moi, que puet faire une foible voiz
Contre trois testes blondes ?

Premierement ot on un fier comandement : 0.3
« Comenciez ! » dit Prima.
« Mainte sote chose i avra, c'est m'esperance ! »
Demande Secunda.
Et plus de mil foiz ront son conte au conteor
La voiz de Tertïa.

Mais sodement se taisent et en lor pensé 0.4
Sivent l'enfant de songe
En un païs empli de merveilles sauvages
Et nueves ò il onge
Granz bestes et petiz oiseaus – à poi ne croient
Que ce n'est pas mençonge.

Que que l'estoire espuise et seche la fontaine 0.5
De hautes fantaisïes
Et li contere las s'esforce de laissier
Ses moz de faerïes :
« La fin une autre foiz – » « *Ja* somes autre foiz ! »
Crïent voiz esjoïes.

Ainsi trova l'autors el Païs de Merveilles 0.6
Un et un, lentement,
Afaires mout estranges et estranges genz.
La chançon va finant,
Lié et haitié najons trestuit vers noz maisons
Au soleil resconsant.

Aalis, prent et pose de ta douce main 0.7
Ceste enfantive estoire
Là ò entrelacié sont li songe d'Enfance
El bendel de Memoire,
Come flaistre chapel de pelerin coilli
Loing en terre de gloire.

Chapitre I

Coment Alis cheï el pertuis d'un conin

Seignor, volez oïr bone chançon ? *1.1*
Onques meillor n'oïstes par le mont,
Ce est d'Alis, la pucele as crins blonz,
Qui tant ert pro, mout ert de grant valor.

Lez sa seror seoit desor la rive. *1.2*
Cele lisoit coiement en un livre,
Mais Aalis, si estoit mout pensive,
Lores à primes sent trop est en oisdive.

Dos foiz o trois ot ele sa veüe *1.3*
Covertement enz el livre conduite,
Mais il n'avoit portrait ne parleüre.
« Et de coi sert uns livre ò n'a peintures
Ne parlemenz ? » pense Alis la Menue.

Por c'esgardoit Alis en soi meïsme 1.4
Au mieuz que pot : de dormir a envie
Et el se sent lorde por la chaline.
Mout li pleüst trecier entor sa crine
Un chapelet de blanches marguerites ;
Mais ce sera, espoir, trop grant martire,
S'ele se lieve et quieut les flors eslites.

Ainsi pensoit Alis quant sodement 1.5
Passe uns Conins pres de li en corant.
Les ieuz ot clers com rose et il fu blans.

Li Blans Conins corant devant li passe. 1.6
Ice ne fu mie granment notable,
Et poi le tint Alis por merveillable
Quant ele oï le Conin qui se blasme.
En soi disoit : « Por Dieu l'esperitable !
Tart sui venuz, or m'estuet corre en haste ! »

Quant Aalis remembra ice puis, 1.7
Ilors li vint en pens que n'ont en us
Conin parler : merveillier s'en deüst.
À cele foiz nel prisa un festu :
Pas ne cuidoit que ce estrange fust.

Mais quant por voir sacha nostre Conins 1.8
De l'aumosniere de son sorcot faitiz
Un astrelabe o les ores del di,
Qu'il le regarde et qu'il recort hastis,
Lors saut en piez Alis, qu'ele entendi
Qu'onques ne vit à ses ieuz un conin
Qui aumosniere eüst dont il traisist
Un astrelabe, ne sorcot ne vestist.

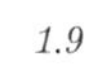

Mout li tardoit qu'ele en seüst le voir, *1.9*
Erranment cort par la pree tot droit
Aprés son dos ; et lors pot el veoir
Le Blanc Conin qui se laissoit cheoir
Dans une grant taisniere soz la soif.

Pas ne tarda Alis, jus le sivi, *1.10*
Ne li chaloit coment ele en rissist,
Ce ne li monte vaillant un angevin.
Primes estoit li pertuis del Conin
Aussi droiz come s'il fust doiz sosterrins
Qui conduit eve, et puis avaloit il
Sodeement, si sodement qu'Alis
Ne lut enquerre come ele arest feïst.

Si se trova chëant jus en un puiz 1.11
Qui mout estoit parfonz, ç'a perceü.
O mout parfonz estoit por voir li puiz,
O Aalis plus qu'ele ne deüst
Avaloit lentement ; tres bien li lut
Garder entor li quant ele aloit jus ;
El se merveille qu'aprés avendroit puis :
De merveillier a bon loisir eü.
Primes s'esforce Alis d'esgarder jus,
Savoir voloit ò ariver peüst,
Mais rien ne voit, que trop faisoit oscur.
Ses ieuz torna vers les paroiz del puiz.

Es paroiz garde la Tose Debonaire, 1.12
Lors aperçoit de cofres et d'armaires
Erent garnies ; si voit Alis la Bele
Çà mapemondes qui delez li ventelent
Et là peintures, ce reconte la geste,
Qui à clos pendent. Ce ne li pot desplaire.
Come ele passe, un pot prent la Pucele
De confiture esquise as bons poetes.

Sor une planche a pris Alis un pot. 1.13
En letres d'or i ot escriz trois moz :
Pomes oranges confites. Mais n'en pot
Mangier, que vuiz estoit, et failli ot
À son espoir. Pas ne voloit le pot
Laissier cheoir, qu'ele dotoit mout fort,
Qu'aucuns en fust por li navrez ne morz.
Maniere trueve de remetre le pot
En un des cofres si come ele avalot
En son cheoir et que devant passot.

« Por voir », a ele enz en son cuer pensé, 1.14
« Quant aucuns est si rustement versez,
Poi li chaudra s'il chiet jus es degrez ! »

« Chiés moi savront de peril n'ai peor, 1.15
Tuit me tendront à vaillant et à pro !
Se je devoie cheoir sor un perron
Del haut del toit de nostre grant maison,
Nus n'orroit ja de ma boche issir son ! »
(Voir dut ce estre, bien le sachiez, seignor.)

(Bien le sachiez, ce devoit estre voir.) 1.16
Et jus, et jus, et jus. Icil cheoirs,
Fineroit il nul jor ? Quant cesseroit
Cele cheoite, et en quel lieu seroit ?

Ne fineroit ja mais ceste cheoite ? 1.17
« En icest point, quantes lieues françoises
Ai je alees tandis com je cheoie ? »
En haut le dit, sa voiz mie ne çoile.

Ne parla bas la Tose Debonaire. 1.18
« Je sui venue pres du cuer de la terre
Selonc mon esme » (que pas n'en estoit certe).
« Or les contons », dist atant la Pucele.

« Mil et cinc cenz et trois lieues de France 1.19
Ai je alees parfont, si com moi semble. »
Seignor, sachiez, senz nesune dotance,
Qu'en plusors poinz n'ert Alis à aprendre :
De tieus manieres de choses en la chambre
Ot ele eüe o ses maistres scïence.

Pas n'avoit lors Alis droite ochaison *1.20*
De demostrer ce qu'el sot à tesmoinz,
Que nul n'i ot, si parloit en pardons ;
Mais tote voie ert il por li mout bon
Qu'el recordast autre foiz sa leçon.
« Oïl, bien ai cheü de tant el fonz,
Mais tote voie, par le cors saint Simon,
Savoir vodroie en quel Septentrïon
Venue sui, o se je sui entor
Meridïen ? » (Ce et Septentrïon
Ne savoit el de coi erent li nom,
Mais icist mot erent et riche et bon
Au suen cuidier, et li plus bel del mont
Quant on les dit, pas n'en est en redot.)

Sempres redist la Tose Debonaire : *1.21*
« Mout bien savoir voudroie se la terre
Traverserai. Com ce me devra plaire !
Quiex granz deporz sera quant sor lor testes
Verrai aler les genz qui là conversent ! »

Ce dist la Tose : « Piez font il de vertiz. *1.22*
Gasteropode sont il, au mien avis – »
(À icele ore n'i ot nul qui l'oïst,
Et auques liee en fu nostre Aalis,
Que le droit mot n'ot el nïent eslit,
Ce li sembla) « – mais le nom del païs
Lor devrai je enquerre, se Dieus m'aït. »

« Bien le sachiez, ice devrai enquerre. *1.23*
Par voz merciz, est c'Etïope Terre
O cele ò Prestre Jehanz a son repaire ?
Dites le moi, dame, ne vos desplaise. »
Encliner veut la Tose Debonaire

Cortoisement, ce reconte la geste.
Mais poez vos conçoivre itel afaire ?
Soi encliner – par mes braz, par ma teste ! –
Que que l'on chiet en l'air que l'on traverse !
Croiz tu, Amis, tu le porroies faire ?

« El me tendra à tose nonsachant *1.24*
Se du païs vois le nom demandant !
Se Dieus me saut, ne doi faire demant :
Espoir, escrit le verrai clerement
Aucune part à enche o arrement. »

Jus, jus et jus. Nule autre chose n'ot *1.25*
À faire Alis. Donc reprist ele tost
À parler haut. Ja orrez vos ses moz.

Oez, seignor, come Aalis parla : *1.26*
« Au mien cuidier, quant anuit nem verra
Ma Nicolete » (ce estoit uns suens chaz,
Et l'autre ot nom Aucassin, ne ment pas)
« Triste et mate iert, ne sai que el fera ! »

« Morne sera ma douce chate blanche *1.27*
Qui plus clere est que noif sor noire branche !
Il li donront à l'ore de marende
S'escüelete de lait, c'est m'esperance.
Ma Nicolete, bestete viste et tendre,
Je ameroie que tu soies ensemble
O moi çà jus, trop a ci mesestance ! »

« Senz toi ne voi rien qui çà jus me place. *1.28*
Soriz n'i a en l'air, ice m'agace,
Mais tu porroies prendre soriz volages.

Chauves soriz sont eles, mout semblables
À nos soriz, ce estuet que tu saches. »

« Mais tote voie sont mangiees soriz *1.29*
Qui sont volages par chaz ? » ce dist Alis,
« Nel sai. » Et lors ot ele de dormir
Auques talent. Entre ses denz redit
Sovent : « Manjüent chat de chauves soriz ? »
Quant ce disoit, si vos fust il avis
Qu'ele sonjast. Et aucune foiz dit :
« De chaz manjüent les volages soriz ? »

Et raison ot quant ce devant derriere *1.30*
En enqueroit, qu'en nesune maniere
Ne pooit el respondre, et por ce iere
Petit à toz del demant qui ert mieudre.

Lors s'endormoit, Alis bien le senti. *1.31*
Novelement ot ele à songier pris
Que main à poe aloit par un chemin
O Nicolete, et li parloit issi
(Pas ne gaboit) : « Manjas tu onc soriz
Qui dans les airs volent ? Le voir m'en di »,
Quant sodement à terre se flati
Sor un moncel de petiz rains fraisnins
Et de viez fueilles. Et lors plus ne cheï.

Bleciee n'ert nïent la Noble Tose *1.32*
Et en piez est sus salie en es l'ore ;
En haut garda, mais rien ne vit fors ombres.

En haut ne vit qu'oscurté Aalis. *1.33*
Devant li ot un autre sosterrin

Qui lons estoit, s'i vit le Blanc Conin ;
Il s'en coroit avalant le chemin.

Pas n'estovoit tarder ne tant ne quant : *1.34*
Vait s'en Alis corant plus tost que venz ;
À poi ne cort assez isnelement,
Que ne l'eüst oï, mais el l'entent ;
Son chemin torne à destre et vait disant :
« Par mes oreilles, trop me vois atardant !
Par mes grenons, com je sui lorz et lenz ! »

Aalis cort plus tost que nus azoivre, *1.35*
Mais le Conin ne toche ne n'adoise ;
De lui ert pres quant el torna sa voie,
Or ne set el de lui ne vent ne voie.

Alis ne voit del Conin pié n'espaule. *1.36*
Si se trova enz en une grant sale
Qui mout ert longe et si estoit mout basse.

Alis voit lampes en la sale à planté. *1.37*
À tire pendent del toit, mais l'oscurté
N'abatent gaire ne ne rendent clarté.

Iluec ot lampes qui l'oscurté abatent. *1.38*
Mainz uis ravoit tot entor en la sale,
Mais à clef erent fermé, nïent ovrables.
Et lors ala la Pucele Onorable
De chief en chief parmi la longe sale.

La Noble Tose s'esforce es quatre murs *1.39*
De desfermer et d'ovrir chascun uis,
Mais tot ice ne li vaut un festu.
Enz el milieu s'en vait à grant enui ;
Triste est, ne set come el rissir en puist.

Triste est Alis com s'ele estoit en chartre. *1.40*
Sodement trueve une petite table :
Trois piez avoit, n'estoit mie de charme,
Ainz ert de voirre massice, et n'i ot marbre.

De marbre n'ert la table, ainz ert verrine. *1.41*
Desus n'ot rien fors une clef orine ;
Bien ovree ert et si ert mout petite.
Primes pensa la Nobile Meschine
Que l'un des uis overroit à devise.

Ahi ! seignor, de la chaitive oez ! *1.42*
Les serreüres erent trop granz assez
O trop petite estoit l'orine clef,
Mais cui qu'en poist, onc ne trova sa per.

La lasse tose ne puet nul uis ovrir. 1.43
Mais tote voie, quant un autre tor fist,
Ilors trova ce que primes ne vit :
Une cortine ert ce senz contredit.

Bas ert pendue et si avoit derrier 1.44
Un petit uis, s'ert hauz entor un pié.
Des or voudra Aalis essaiier
S'ele porroit la clavete d'or mier
En la novele serreüre fichier.
Soef i entre, que d'uile n'ot mestier ;
Ne fust si liee Alis por tot Poitiers !

L'uis uevre Alis et derrier l'uis trova 1.45
Qu'une voiete i ot ; pertuis de rat
Ne fust plus granz. Alis s'agenoilla.
Garde en la voie et voit el chief un jart.

Onc ne veïstes jardin plus delitable. 1.46
Grant talent a que isse de la sale :
Trop est oscure, n'i croist rose ne arbre.
Ces cleres flors veoir, ice li tarde,
Avuec ces froides fontaines foisonables.

Mais tote voie ne puet neïs son chief 1.47
Enz en l'entree boter, forment en gient.
« Et se dedenz entroit mes chiés, mestiers
Ne me seroit, si avroie enconbrier :
Senz mes espaules mal avroie esploitié. »

Ce pense Alis, qui mie ne s'envoise. 1.48
« Biens m'en vendroit mout granz se je pooie
Mon cors ploiier come cil garçon ploient
Tentes et trés quant l'ost emprent sa voie.
Si m'est avis que faire le porroie. »

Ice pensoit la Pucele Esleüe : *1.49*
« Or le peüsse se comencier seüsse. »
Seignor, sachiez que tantes aventures
Trovees a novelement, qui dures
Et merveilloses erent à desmesure,
Qu'à croire prent que n'a chose nesune
(O poi en faut) que ome ne peüssent
Faire soz terre, ò onc n'ot rai de lune.

Pas ne pensoit mestier eüst demore *1.50*
Devant l'uisset. Lors s'en torna la Tose.
Vient à la table qui tote estoit reonde :
Estre se puet qu'el trovera desore
Une autre clef (si espoire ele et dote).
« À tot le meins », pense Aalis la Blonde,
« I troverai un livre qui nos mostre
Coment ploiier son cors senz soi derompre
Com garçon font à droit senz nule fronce
Quant ces aucubes ploient et torsent totes. »

À cele foiz vit la Tose Onorable *1.51*
Une fiole qui ert desor la table.
(« Devant n'estoit el ci, jel sai senz faille »,
Dist Aalis, « por Dieu l'esperitable. »)

Petite estoit cele fiole et ot *1.52*
De parchemin une piece mout fort
Liiee entor le lieu qu'on claime col.
En beles letres i ot escrit dos moz.

Granz sont les letres et à merveille beles. *1.53*
Li mot disoient **Boif moi**, mais la Pucele
Senee estoit, s'avoit bone cervele,
Ne se hastast por tot l'or de Palerme.

« Pas ne bevrai, s'estuet que cel afaire
Entende mieuz, que ne me soit contraire. »
Ice disoit la Tose debonaire.

Ice disoit por soi meïsme Alis. *1.54*
« Esgarder doi primes el parchemin
S'en lui o non i a escrit '*venin*'. »

Plusors estoires avoit Alis leües *1.55*
Cortes et bones ò enfant grant ardure
Orent soferte, et bestes les manjüent
Come lïon, ors et autres belües,
Et si retruevent mout males aventures.

Riules legieres ne voloient garder 1.56
Icil enfant, ne les lois osserver
Que on lor vout baillier par amisté :
Por sol itant orent grant dolenté.

Se vos volez savoir quiex riules erent, 1.57
Seignor, oez : « Ceste paume iert bruslee
Se quant tu siez pres de la cheminee,
Trop lonc tens tiens en ta main, par saint Pere,
Le pic vermeil o coi tu mués la brese. »

Une autre oez : « Se tu coupes ton doi 1.58
O un coutel si que mout parfont soit,
Lors saignera tes doiz par maintes foiz. »

Et oblïee n'ot onques cele chose : 1.59
« Se à foison boiz d'aucune fiole,
Toz jorz o poi s'en faut t'en doiz remordre
O tost o tart se ele sor li porte
'Venin' escrit », ice dit Aristotes.

Mais tote voie n'ot sor li escriture 1.60
Cele fiole ; lors s'est en aventure
Mise Aalis, s'en taste ; à desmesure
La trueve bone, tost l'a tote beüe.

Por voir sot bon à Alis la poison 1.61
Come s'aucuns eüst meslé flaon
(C'est li mangiers qui mout plaist as Bretons),
Pomes grenates, craime chaude et matons.

Li boivres sot aussi tarte o cerises, 1.62
Chapon farci qui norriz fu en Inde,
Çucre qui ist del for, chaude rostie
Ò burre cole, tant en a à devise.

* * * *
* * *
* * * *

Dist Aalis : « Com ice est estrange ! 1.63
Or doit mes cors soi ploiier come tente. »
Si faisoit il, droiz est qu'ele s'en sente.

Sol dis pouz haute est or nostre Pucele, 1.64
Si esclarcist sa face et ses vïaires
Et lors pensa la Tose Debonaire :
« O ces dis pouces enterrai je à certes
Par cel uisset en l'ort qui tant puet plaire :
Douces fontaines sordent sor la gravele
Parmi ces flors qui mout soef i flairent. »

Atant resplent ses douz vis et sa face, 1.65
Plus cler devindrent que noif qui siet sor glace,
Mais tote voie ne se muet de la place.

Un poi atent Aalis, que savoir 1.66
Voloit se ele encore acorceroit ;
Auques s'en crient et si avoit de coi.

Lors dist Alis en soi : « Se Dieus me voie, 1.67
Savoir devez que esteindre porroie
Del tot en tot, come tros de chandoile.
Et si ne sai que lors resembleroie. »

Pense la Tose au Gent Cors Onoré 1.68
Et s'esvertue, mais ne pooit trover
Que la flame ert quant aucuns a soflé
Une chandoile : ne li pot remembrer
De flame esteinte, qu'en trestot son aé
N'en ot veüe, c'est fine verité.

La Tose atent, rien ne voit avenir. *1.69*
Au chief del tor veut ele enz el jardin
Entrer chaut pas. Mais de la lasse Alis
Devez oïr, seignor. Quant ele vint
À l'uis de l'ort qui fu com paradis,
Ilors trova qu'ele ot mise en obli
La clef petite qui tote ere d'or fin.
Lors retorna à la table por li.

Quant Alis vint à la table verrine, *1.70*
Atant trova que por tot l'or de Libe
(Ce est ors noirs qui tante guerre atise)
Ne peüst ele prendre la clef orine.
Veoir la puet par le voirre à devise.

Lors s'esvertue la Pucele Onorable. *1.71*
Ele se prent à un pié de la table,
Ramper voudroit amont, mais trop est haute.
Alis s'esforce, nequedent aval glace.
Mout se peine Aalis et se travaille ;
En vain le fist. Atant se siet la lasse
Et giete lairmes, si li mueillent sa face.

La Franche Tose est vaine et afeblie. *1.72*
Lairmes li chieent sor sa face polie.
« Alons », a dit Alis à soi meïsme,
« Del plorer n'as ne force ne aïe,
Va t'en chaut pas, targier ne doiz tu mie. »
Moz auques durs avoit diz la Meschine.

Moz auques durs ot Alis diz por voir. *1.73*
El se soloit bien conseillier à droit
(À son conseil mout sovent nes tenoit) ;
Et plusors foiz se chastïoit par soi

Si rustement que lairmes en avoit
En ses beaus ieuz, s'ot le cuer triste et noir.

Noir ot le cuer et si fu corrociee. *1.74*
Si li sovint qu'un jor s'ert essaiiee
De ferir cous sor ses oreilles chieres
Por ce que soi meïsme avoit trichiee
Au jeu de mail, ne sai en quel maniere.
À soi jooit, de ce ert costumiere.

Seignor, oez de l'estrange pucele. *1.75*
À Aalis mout plot à semblant faire
Qu'ele fust dos ; de ce a el grant aise.

« Mais por nïent », pense Alis esperdue, *1.76*
« Feign je qu'en moi ait or dos crïatures !
À peine est il de moi neïs por une
Remés, tant est ma hautor descreüe.
À bone tose ne serai mais tenue ! »

Par tens voit ele une boiste verrine *1.77*
Qui soz la table estoit. Atant l'a prise,
Si l'a overte. Un gastel de farine
Trova dedenz. Et sor lui ot escrites
Letres mout beles o raisins de noz vignes
Qui sec estoient, si les a tantost lites.

Manjue moi, ce disoient li mot *1.78*
Que aucuns ot escriz au mieuz qu'il pot
Sor le gastel qui n'estoit mie gros.

« Sel mangerai », dist lores Aalis, *1.79*
« La clef prendrai se il me fait grandir ;
S'il m'apetice, soz l'uis puis je issir.
Coment qu'il preigne irai dans le jardin.

Et ne me chaut quel rien doie avenir ! »

Un poi manja et dist à soi meïsme *1.80*
Soi esmaiant : « Sui je or plus petite ?
Graindre sui je ? » Et si a sa main mise
En sa vertiz, savoir s'ele apetice
O s'ele croist. Lors fu ele esbaïe :
Graindre ne mendre n'en estoit la meschine.

Certes, seignor, ice sieut avenir *1.81*
Quant on manjue un gastel o raisins,
Mais la Pucele atent en cel païs
Estranges choses, ne s'en puet astenir.
« Pesant seroit la vie », pense Alis,
« Et triste et sote et n'i avroit delit
Se tote rien tenoit son droit chemin
Et cheminoit come il fu establi. »

« Changier la vie, ce est mes desirriers ! » *1.82*
Et lors manja Alis senz delaiier
Le gastelet entier de chief en chief.

*   *   *   *
*   *   *
*   *   *   *

Chapitre II

Coment se fist de lairmes uns estans

« Or voi je choses plus et plus estranjors », *2.1*
Crïa Alis, « par le cors saint Simon ! »
Esbaïe est, si gaste sa raison
Et à cele ore oblie ele del tot
Le bel françois que on aprent à cort.
« Or vois ovrant come uns granz paveillons,
Que graignor n'a qui cerchast tot le mont !
À Dieu, mi pié ! À Dieu, chier compagnon ! »

Seignor, oez ! Quant Alis garde aval, *2.2*
Si li est vis que ce fait ele endar.
Ele ne voit ses piez o poi en faut :
Plus tost s'en fuient que ne volent girfauc.

Plus loing sont ja que Chartres ne Poitiers. *2.3*
Dist Aalis : « Ahi ! mi tendre pié !
Or ne sai mie qui vos porra chaucier
Voz eschapins et voz chauces lacier. »

Puis redisoit la Tose Debonaire : *2.4*
« Bien sai senz faille que je nel porrai faire !
Plus serai loing que Nimes ne Beaucaire. »

Ce dist la Tose au Gent Cors Onoré : *2.5*
« Certes, de vos ne porrai plus penser :
Bel douz ami, au mieuz que vos porrez
Vos estovra des or par vos ovrer – »

« Mais vers eus dos m'estuet estre cortoise, *2.6*
O se ce non, espoir, n'iront ma voie ! »
Pensa Alis. « Or covient que je voie
Que je puis faire. De moi devront reçoivre
Botes noveles qui sont luisanz et roides. »

« Je lor donrai chascun an à Noel *2.7*
Botes noveles. » Lors prist à deviser
En soi coment el lor porra doner :
Par un message les doit faire porter.

« Lors semblera mout granz esbatemenz », *2.8*
Pensa Alis, « se j'envoi tiex presenz
À ces miens piez, par le cors saint Florent ! »

« Par cel apostre que requierent paumier, *2.9*
Tant me porrai en ce esbanoiier !
Li envoiiers, come estrange chose iert ! »

« Sel portera li més senz contredit : *2.10*

À Mon Seignor le Destre Pié Alis,
Lez le foier gisant sor le tapiz
(Baisiers li mande Aalis plus de mil).

Ha Dieus ! com sotes sont les riens que je di ! »
Quant ce ot dit, tot maintenant feri
Contre le toit ses chiés et sa vertiz.

Contremont hurte ses tendres fronz au toit : *2.11*
Auques graindre ert la Meschine por voir, 491
Plus de nuef piez ert haute en moie foi !

Oez, seignor ! Or est mout grant Alis : *2.12*
Maintenant prent la clavete d'or fin
Et si s'en cort devers l'uis del jardin. 495

Vers l'uis s'en cort la Tose Debonaire, *2.13*
Mais el ne puet nesune chose faire.
Adonc se couche la Lasse jus à terre,
Sor un flanc gist, ce reconte la geste.

O un sol ueil met en l'ort son esgart, *2.14*
Mais or voit bien qu'el n'i enterra pas. 501
Atant s'assist la Tose et replora.

Dist Aalis : « Droiz est que soit hontose *2.15*
Ceste pucele, que ci a trop grant tose. »
(Bien le puet dire.) « Honte est que encor plores ! 505
Ce doit cesser et fenir en es l'ore ! »

Mais tote voie ne fine de plorer *2.16*
La Franche Tose au Gent Cors Onoré.
De lairmes moille son blïaut d'or listé,
À muis en giete, s'a un estanc crïé.

Granz est l'estans tot entor Aalis. *2.17*
Le tierz d'un pié est parfonz, ce m'est vis.
Aval la sale s'espant jusque au mi.

Atant ez vos qu'auques loing entendié *2.18*
À chief de pose qu'on movoit petiz piez.
En haste tert les beaus ieuz de son chief,
Que savoir veut que est ce qui ci vient.

Grant talent a de cele rien veoir. *2.19*
Li Blans Conins ert ce, qui revenoit.
Acesmez ert aussi com fiz de roi.
Li Conins ert toz blans et si tenoit
En sa main destre un flavel espanois.

Del grant flavel s'aloit il esventant. *2.20*
En l'autre main tenoit il uns beaus ganz ;
Li gant estoient del cuir d'un chevrel blanc ;
Li cuirs ert tenves, et blans ert aussiment.

Li Conins vient le cors et le troton. *2.21*
Par soi murmure, mout est en grant redot :
« O ! La Duchoise, come ele avra iror ! »

« O ! La Duchoise, com grant corroz avra *2.22*
Se tart i vieng et se atendu m'a ! »
Tant se despoire la Pucele as Beax Braz,
Que qui que viegne, s'aïe requerra.
Quant li Conins pres de li se trova,

Umblement prist Alis à dire bas :
« Par voz merciz, sire – » À itant tressaut
Li Blans Conins de la peor qu'il a,
En es le pas lieve ses mains en haut.

Por la peor lieve ses mains en air, *2.23*
Si lait cheoir les ganz et le flavel,
En l'oscurté s'en fuit senz nul arest.

Le grant flavel relieve la Meschine *2.24*
Et les blans ganz. Grant estoit la chaline
Enz en la sale plus que je nel sai dire.
Alis parole, ne cesse ne ne fine.

Que qu'el parole, mentir ne vos en quier, *2.25*
Esvente Alis del flavel son blont chief.
« Diex ! Come ui est estrange tote rien !
Et tot tenoit sa naturel voie ier. »

« Savoir voudroie se changiee ier nuit fui. *2.26*
Penser m'estuet : quant je me levai ui,
Estoie je tel com quant je me jui ? »

« À bien petit que il ne m'est avis *2.27*
Qu'il me sovient que mon estre senti
Un poi divers quant je sali del lit. »

Sa main a mise Alis à sa maissele. *2.28*
« Se je sui autre, adonc m'estuet enquerre
Qui je puis estre. Ce tieng à grant merveille ! »
À penser prent la Nobile Pucele
De toz les juenes enfanz dont ele est certe
Que il nasquirent en l'an qu'ele dut naistre.
Savoir voloit se on peüst son estre
Avoir changié as lor : tiex est s'enqueste.

« Senz faille sai que je ne sui Guiborc », *2.29*
Ce dist la Tose à la Fiere Vigor,
« Si chevel sont recercelé et lonc. »

« Estre ne puis Guiborc », dist Aalis, *2.30*
« Nïent ne sont recercelé mi crin.
Et trop bien sai que ne puis estre Enid,

Que tantes choses sai, et el mout petit !
Par enson est ele el, je gié toz dis –
Dieus ! quel merveille et com je m'esbaïs ! »

Lors dist la Tose au Gent Cors Onoré : *2.31*
« Or me covient mon savoir esprover :
Ce que je soi ne devroie oblïer. »

À esprover son savoir prent Alis. *2.32*
« Or veons donc : doze est quatre foiz cinc,
S'on me dit treize, ce est quatre foiz sis,
Et quatre foiz set est – ha Dieus ! à vint
Ne parvendrai ja mais nul jor s'ainsi
Les cont et nombre, par le cors saint Martin ! »

« Mais tote voie ne monte rien la Table *2.33*
Qui Mouteploie : scïence plus estable
M'estuet trover ; or me doi je embatre
En la Scïence des Terres, par saint Jaque ! »

« De Paris est li chiés la cit de Londres, *2.34*
Et Paris est la plus grant cit de Rome,
Et Rome – Non ! Trestot est faus, senz dote ! »

« Faus est trestot », ce a dit Aalis, *2.35*
Aucuns m'avra changiee por Enid !
J'esproverai se n'ai mis en obli
'*Maistre Corbeaus*', une fable gentil. »

Atant croisa ses mains sor son giron *2.36*
Com s'à son maistre recordast sa leçon,
Si prist à dire les moz del fableor,
Mais tuit estrange et ro erent li son,
Et pas n'issoit come antan si sermons.

« Maistre Renarz soz un arbre ramu 2.37
Tenoit en sa gole un formage ;
Maistre Corbeaus, qui l'ot aperceü,
Si li va dire en son langage :
'Si m'aït Dieus', ce li a dit li cors,
'Com vostre pel est rosse et fine !
Se votre glaz est beaus com vostre cors,
Fenis estes en la gaudine !'
Quant ce oï, li goupiz s'esbaudi
Et por sa bele voiz mostrer
Sa gole ovri, li formages cheï,
Et lors le vait li cors haper. »

« Bien certe sui », ce dit la lasse Alis, 2.38
« Li mot ne sont mie avenant. » Empli
Resont si ueil de lairmes, si redist :
« Qui bien i pense, si doi je estre Enid,
Aler devrai en cel bordel petit,
Et là mandrai et les nuiz et les dis. »

« En cele borde vivrai tot mon ëage, 2.39
Eschés n'avrai ne jeu de dez ne tables
Et si n'avrai pelote qui m'esbate
Ne ne tendrai popine entre ma brace ! »

Seignor, oez come Alis se demente : 2.40
« Tantes leçons m'estovra il aprendre !
De cest afaire me covient conseil prendre :
S'Enide sui, si ne m'en puis defendre,
Ci remandrai, ne cuidiez que je mente ! »

« Je remandrai ça jus, nel di à gas. 2.41
Tuit boteront lor pesanz chiés aval
Et si diront 'Revien !' Mais c'iert endar. »

« 'Remonte ariere', dira tote la gent, 2.42
'Amie chiere !' Mais itant solement
Ferai que lors dirai amont gardant :
'Primes me dites qui je sui voirement,
Se vos savez nomer un bel enfant,
Se de l'enfant l'estre est à mon talent,
Sus monterai, par le cors saint Clement.' »

« 'Mais se cil estres ne m'atalente mie, 2.43
Ci remandrai jusque autre meschine
Ier devenue' – Mais, par le cors saint Gile ! »
Escrie Alis, si detire sa crine
Et de ses lairmes va moillant sa pelice,
« Tant me pleüst que cil d'en haut meïssent
Lor chiés aval ! Trop mein ci vie orrible
Quant sole sui, ce est verité fine ! »

Si se demente la Pucele au Cler Vis, 2.44
Et ce disant, ses mains regarde Alis.
Que qu'el parloit avoit el un gant mis ;
Au Conin ert, de chevrel blanc et fin.
Voit le Alis, forment s'en esbaïst.

Aalis pense : « Coment ai je ce fait ? 2.45
Amenuisant vois je, par saint Marcel ! »
Atant se lieve, à la table s'en vait,
Que mesurer se voudra entresait
À sa hautor, savoir se petite est.

Vait à la table la Pucele au Vis Cler : 2.46
À sa hautor se voudra mesurer.
Ce li est vis que dos piez mesurez
Est ore haute, itant a deviné.

Entor dos piez est haute, ice devine. *2.47*
Et ele sent que d'acorcier ne fine :
Plus tost acorce que ne cort dains ne bisse
Quant por les chiens s'en fuit par la gastine.

Par tens trova la pucele por coi *2.48*
Ele acorçoit : li flaveaus qu'el tenoit
En ert la cause, nel tenez à gabois.
Ne tarda mie, si le laissa cheoir ;
S'el nel feïst, si esvanist manois,
Mie d'Alis ne peüst on veoir.

Se le flavel ne jetast la Meschine, *2.49*
Seignor, de li ne remasist ja mie.
« À bien petit que ne perdi la vie »,
Dist Aalis, « se Dieus me beneïe ! »

Sodement change Alis, si en fremist, *2.50*
Mais pas n'est morte, de ce mout s'esjoïst.
« Or del veoir le bel jardin flori ! »
Plus tost s'en cort à l'uis qui est petiz
Que por faucons ne vole la perdriz.
Ahi ! seignor. Fermé retrueve Alis
Le petit uis qui menoit el jardin.

Come devant gist la clavete orine *2.51*
Desor la table qui est tote verrine.
Lors se demente la chaitive meschine :
« Onques ne fu li miens afaires pire,
Onques ne fu ma hautor si petite !
Pesme aventure est ce, bien le puis dire ! »

Li piez li glace que qu'el disoit cez moz ; *2.52*
Plus tost que uns des ieuz uevre ne clot,

Jusqu'au menton, qui n'estoit mie gros,
Est Aalis en l'eve, et sel i ot.

Primes pensa Alis que en la mer *2.53*
Estoit cheüe. « Donc porrai retorner
En un bel char, qu'il a charrois assez
Pres des rivages, ce savons senz doter »,
Ce dist en soi la Pucele au Vis Cler.

Ice disoit Alis entre ses denz. *2.54*
(Un jor estoit ele alee à Wissant.
Là ot veües les nés as marchëanz ;
Chargiees erent d'especes d'Orïent :
Canele et poivre i ot soef flairant,
Et citoval et comin et encens ;
Pailes i rot, samiz et boqueranz.
Es nés portoient vins vermeuz et vins blans,
Bescuiz, farine, eve douce et forment
Dont peü fussent eschipre et esturman.
Et sor la rive avoit petiz enfanz.)

(Petiz enfanz i avoit à plenté, *2.55*
S'edefïoient chastelez hauz et lez
Et si crosoient duiz et parfonz fossez,
Et se jooient sor la rive de mer
O lor rasteaus de pomier bien dolez.)

(Et si granz torbes avoit enmi les rües *2.56*
Que lors pensa Aalis la Menue
Que en toz porz de France avoit voitures
À charretons, de ce estoit seüre.)

Mais tote voie s'aperçoit el par tens *2.57*
Que ele estoit es lairmes en l'estanc

Que ploré ot quant dis piez estoit grant.
« Ahi ! Plorer ne deüsse je tant ! »
Dist Aalis que qu'ele aloit noant.

Aalis noe, qui veut issir à terre, *2.58*
Que el ne trueve ne dromont ne nacele.
« Punie ier or de ce, selon mon esme,
Si noierai en mes demaines lairmes !
Certes, ce iert uns estranges afaires ! »

« Estranges iert, por poi que je n'en tremble, *2.59*
Mais ui n'i a chose se non estrange. »
Que qu'el parloit, si oï endementre
Aucune rien movoir soi senz dotance.

La rien movoit si que l'eve esclatot *2.60*
Enz en l'estanc que par grant desconfort

Avoit ploré, et auquetes pres l'ot.
Lors s'aprocha por savoir que ele ot.
Primes pensa c'ert ipopotamos
(C'est fluvïeus chevax mot granz et gros,
Qui char manjue et defroisse les os ;
N'a chevalier, tant soit vaillanz et os
En son hauberc serré qu'il a el dos,
Qu'il ne transglote come fueille de chol.)

« Ipotame est o valeros dotant », *2.61*
Ice pensa la Pucele au Cors Gent.
Mais tote voie li sovint qu'ert poi grant :
Tost s'aperçut que c'ert tant solement
Une soriz qui glaciee en l'estanc
Estoit come ele, et si n'en sot nïent.

Pensa Alis : « M'avroit ce or mestier *2.62*
S'à la soriz parlasse ? Tote rien
Est si estrange ça jus qu'ele puet bien
Parler et n'estre mue, par saint Richier !
Que qu'il aviegne, je m'i doi essaiier :
Se je m'essai, n'i avrai encombrier. »

Lors prist à dire Aalis : « O Soriz, *2.63*
De cest estanc, sez tu coment issir ?
Mi braz sont las, trop ai noé ici.
Mout lasse sui, respont moi, O Soriz ! »
(Li frere Alis aprenoit le latin :
En son livre ot leü, bien l'en sovint,
« Une soriz », si com la geste dit,
« D'une soriz », et « à une soriz »,
« Une soriz » et aprés « O soriz ! »
Por ce cuidoit Aalis que ainsi
Deüst parler à totes les soriz :

Onques à nule n'ot parlé à cel di.)
Lors regarda la Soriz Aalis
Com s'el vousist savoir ce qu'ele ot dit ;
Atant cuida la Pucele au Cler Vis
Que el cluignast d'un ueil, qu'ele ot petit.
Mais la müete beste ne respondi.
« Estre se puet », ce pensa Aalis,
« Qu'ele n'entent la langue de Paris :
La soriz est norroise, ce m'est vis,
El vint o Rou enz en nostre païs. »

« O Rou s'en vint avuec sa grant jovente », *2.64*
Ce dist Alis, « bien le sai senz dotance. »
El conoissoit les estoires de France,
Mais encore ert la Meschine en s'enfance.

Mout juene estoit la Tose o le Cler Vis : *2.65*
Ne sot quanz anz ot passez quant Rous vint
Ne quant mainte autre chose o ce avint.
Por ce redist Alis : « Hvar er köttr minn ? »
Qu'en son livret norrois avoit apris
Premiers à dire, ne vos en quier mentir.

La Soriz saut de l'eve sodement, *2.66*
De peor tremble trestote par semblant.
La Noble Tose crie hastivement :
« Pardon te quier ! » car ele crient forment
Que la chaitive s'en sente durement.

« Pardon vos quier », dist la Tose au Vis Cler, *2.67*
« Oblïé oi del tot que chaz n'amez. »
La Soriz crie en haut : « Gié, chaz n'amer ! »

La Soriz crie si fort que les oïes 2.68
Perce d'Alis, tant a corroz et ire.
« Chates et chaz, icele gent orrible,
Tendriiez vos à amis senz malice
S'une soriz estiiez mout petite ? »
« Je nel feroie, espoir », dist la Meschine,
Qui doucement parla, « n'en aiies ire.
Et tote voie seroie entalentive
De toi mostrer ma Nicolete fine ;
C'est nostre chate, que beauté enlumine. »

« Nostre chate est de totes la plus bele. 2.69
Je cuit de chaz seroies amerresse
Se sol veoir peüsses Nicolete.
Mout coiement se tient la chiere beste. »

« La chiere beste se tient mout coiement. » 2.70
Ice redist Alis comme en sonjant.
À soi parloit ainsi, que qu'en l'estanc
Aloit noant et derriere et devant :
« Delez le feu rencole plaisanment,
Ses poes leche mout curïosement
Et son vis leve qui tant est beaus et genz –
Quant on la berce est ce chose avenant
Que mole et tendre est el, par saint Lorent. »

« Mout tendre et douce est el, par saint Richier – 2.71
Et si ne fine ma chate de sorchier –
O ! » a redit Alis, « Pardon vos quier ! »
Qu'à cele foiz voit el soi hericier
La Soricete del chief jusque as piez.

À tant est certe la Pucele Menue 2.72
Que ele l'a mout griement ofendue
Et tote voie ne s'est ele teüe.

« De Nicolete ne parlerons nos mais 2.73
S'il te desplaist et s'autre rien te plaist. »
« 'Nos' avez dit ! » ce a la Soriz brait.

« 'Nos' avez dit ! C'est parole grevose ! » 2.74
La Soriz tremble jusqu'au bot de sa coe.
« De ce parler avroie je vergoigne !
En chaz a gent vilaine et enoiose,
Basse et mauvaise, laie, perverse et doble !
De haïr chaz ne fu onques saole
La nostre geste, ice sachiez senz dote ! »

« Chaz het ma geste, bien le sachiez de fi. 2.75
Ne parlez mais de chaz, nel puis sofrir ! »
« Non ferai, voir ! » respondi Aalis ;
Durement li tarda que d'el deïst.

La Franche Tose, si parla d'autre rien. 2.76
« Di moi se tu – aimes – aimes tu chiens ? »
La Soriz tot, que pas ne respondié.
Redist la Tose, qui a grant desirrier
De parler d'el : « Un chien bien afaitié
Te voudrai je mostrer, que mout l'ai chier. »

« Cel chienet ai mout chier, par saint Maci ! 2.77
Tant est plaisanz ! C'est li chiens noz voisins.
Ieuz a luisanz, ce saches tu de fi,
Plus clers que n'est li soleuz à midi ;
Recercelé et brun sont si lonc crin !
S'aucune rien jetons, ne quier mentir,

Il la raporte ; et il se tient assis
Et son mangier demande senz nul cri. »

« Merveillos est cil chiens, n'en doiz doter, *2.78*
Et tant set faire que n'en puis remembrer
La tierce part ne la moitié conter. »

« Et autre chose i a que savoir doiz : *2.79*
Un païsant est li chiens, cui qu'en poist,
Et icil dit que tant li vaut, par foi,
Qu'il nel donroit por un mui de mansois ! »

« Et si redit que toz les raz ocit *2.80*
Et si – ha Dieus ! » s'escrïa Aalis,
Dolente fu sa voiz, jel vos afi,
« Offendue ai de novel la Soriz,
Or se corroce si que tote en fremis ! »
Seignor, trestuit devez savoir de fi
Que la Soriz noe et esloigne Alis.

Au mieuz qu'el puet vait la Soriz noant *2.81*
Et en noant a torblé tot l'estanc.
Por ce l'apele Alis mout doucement :
« Bele Soriz, revien, gel te crëant,
Plus n'orras tu de la chenine gent ! »

« Ne tendrons plait ne de chiens ne de chaz *2.82*
S'il te desplaisent, de ce ne dote pas ! »
Quant la Soriz oï ce que dit a,
Si se torna, et vers Alis noa.

Mout lentement se movoit la Soriz ; *2.83*
À desmesure estoit pales ses vis
Qu'iriee fu (ice pensa Alis).

À voiz tremblant et basse li a dit :
« Aler devons à la rive de ci,
Et lors vos conterai com je vesqui,
Si entendrez por coi je enhaï
Chaz et gaignons, par le cors saint Landri. »
Il estoit tart, si devoient issir.

Pas ne devoient tarder, que en l'estanc *2.84*
Ot à cele ore torbes merveilles granz ;
Celes estoient totes cheües enz.
Oisel et bestes i veoit on noant.
L'oisel i ot d'une isle en l'Ocëan,
Qui pas ne vole, ainçois va chancelant ;
Gros est et lenz, por ç'a nom Dodinanz.

Un Dodinant i ot et un Aiglel, *2.85*
Et un Malart i rot, et cel oisel
Que Papegai clamons, qui pas n'est laiz.

Là veïssiez mainte autre beste el rible, *2.86*
Estranges erent plus que je nel sai dire.
Devant nooit Alis, si la sivirent,
Totes et tuit sont venu à la rive.

Chapitre III

D'un Cors à cort et d'un conte qui n'est pas corz

Mout est estranges, senz dote, li tropeaus 3.1
Qui sor la rive s'aüne en un prael :
Sales estoient les plumes des oiseaus,
Au cors des bestes s'aerdoit la lor pel.

Et peaus et plumes orent tuit ordoiiees. 3.2
D'eve degote lor torbe, s'est iriee,
À grant mesaise se tint sor la riviere.
N'en dotez mie, seignor, premiers enquierent
Coment et plumes et peaus seront sechiees :
De cest afaire ensemble conseillierent.

Quant li conseuz ot un petit duré, 3.3
Ilors pensa la Pucele au Vis Cler
Qu'estrange n'ert que come à ses privez

O eus parlast com se tot son aé
Eüst vescu entre eus et conversé.
Sachiez qu'el a longement desputé
Au Papegai, c'est fine verité.

À la parfin li fist cil laie chiere ; *3.4*
Rien ne disoit fors ce : « Or vos soviegne 911
Que plus juene estes de moi, par saint Estiene !
Por c'estes vos meins sage, amie chiere. »

« Plus sages sui de vos, ma chiere amie, *3.5*
Trestuit le sevent, se Dieus me beneïe ! » 915
Ce ne li vout otroiier la Meschine.

Pas ne savoit Alis quanz anz avoit *3.6*
L'oiseaus, et cil dire ne li voloit :
Ne li jehist por un mui de mansois.

Li Papegais n'avoit mie talent *3.7*
De nombrer li et ses jorz et ses anz, 921
Que nel feïst por l'onor d'Abilant.
Il n'i ot plus, si se torent atant.

En fin parla la Soriz à delivre, *3.8*
Qui par semblant ot entre eus seignorie, 925
Ses araisna et dist : « Gent miserine,
Tornez trestuit vers moi la vostre oïe ! »

« Seez vos tuit ! Sés vos ferai errant ! » *3.9*
Tot entor li se sieent maintenant,
N'en i ot nul qui remasist estanz. 930

Tot entor li fait une grant corone *3.10*
La gent evose qui la Sage avirone.

Vers la Soriz garde la Noble Tose,
Son vis regarde, que mout par est ainsose :
Il li estuet que trop fort moche et tosse 
S'ele remaint ainsi moilliee longes.

La Soriz Grise sembloit de grant afaire. *3.11*
« Ah ! Ah ! » dist ele, ce reconte la geste,
« Estes vos prest ? Or vos devez tuit taire,
Que nule rien ne sai qui soit plus seche. »

« 'Li dus de Normandie à Amiens droit venoit, *3.12*
Quant Ernous li manda que à Corbie estoit,
Mais à lui desor Some à Picheignié vendroit –' »

Li Papegais senti mout granz friçons : *3.13*
« Ahi ! » crïa. « Et je vos quier pardon »,
Dist la Soriz, qui fronce son haut front.

La Soriz Grise fronça son haut front blanc, 3.14
Mais tote voie parla cortoisement :
« Deïstes vos nul mot ? » Pas ne fu lenz
Li Papegais de respondre à itant :
« Nul mot ne dis, par le cors saint Clement ! »
Dist la Soriz, dont li ueil sont luisant :
« Bien cuit qu'oï ai je complaignement.
Or faites pais, si parlerai avant. »

« 'Mais à lui desor Some à Picheignié vendroit. 3.15
En Some avoit une isle, beau parler i faisoit ;
L'isle plot à Ernouf et mout bon ce tenoit –' »

Dist li Malarz si com la geste afiche : 3.16
« Que tenoit il ? Por Dieu, or le me dites. »
La Soriz l'ot, pas n'a talent de rire :
« Ce tenoit », respont ele, « par saint Gile,
Vos savez bien ce que 'ce' senefie. »
« Je sai mout bien ce que 'ce' senefie »,
Dist li Malarz, « quant en mon bec meïsme
Tieng une chose, nel mescreez vos mie. »

« Cele chose est uns vers soventes foiz 3.17
O une raine, que malarz sui françois,
Mais pas ne sai ce que Ernous tenoit. »

« Soventes foiz est cele chose uns vers 3.18
O une raine, cui qu'il soit bel ne lait,
Mais dites moi ce que Ernous teneit. »
Mie n'entent la Beste au Lonc Musel
La questïon que li Malarz li fait,
Ce qu'el conte a repris, n'i fait arest.

« '– L'isle plot à Ernouf et mout bon ce tenoit *3.19*
Que qui i vout entrer, batel i covenoit :
Qui traïson veut faire, bien engigne et porvoit.

Dedenz l'isle est entrez o quatre ses amis,
Bauce i fu, li traïtre, qui faus est et eschis,
Et Rïous, li culverz, et Roberz et Henris.
Bauces fu niés Rïouf, qui vieuz fu et antis,
Que Guillaumes veinqui avuec –'
Douce Aalis »,

« Coment vos est, ma douce et tendre amie ? » *3.20*
A la Soriz redit à la Meschine.
Vers li se torne, ce est verité fine,
Que qu'el parole, qu'à savoir le desirre.
Alis respont à sa voiz qu'ele ot triste.

La Noble Tose, el ne fu mie liee ; *3.21*
Ele respont : « Com devant sui moilliee,
Ce que tu contes ne m'a nïent sechiee. »

Atant se drece en piez li Dodinanz. *3.22*
« Se ainsi est », fait il, « mon loement
Orrez vos tuit. » Nel dit pas en rïant.
« Fenir estuet le nostre aünement.
Quant del conseil avrons fait cessement,
À ce devrons senz nul delaiement
Remediier mout vigorosement – »

Dist li Aigleaus : « Or parole françois ! *3.23*
Lonc sont ti mot. Par le cors saint Eloi,
N'i a plus lons jusqu'à la cit de Blois. »

« Que senefie la moitié de ces moz ? *3.24*
Pas ne le sai, et je n'ai mie tort,
Que tu meïsme ne le sez, par saint Pol ! »

« Que senefie des moz la tierce part ? *3.25*
Pas ne le sai, et encor plus i a,
Que tu meïsme nel sez, par saint Bernart ! »
Atant sorist l'Aigleaus et si baissa
Son chief vers terre et sa joie cela.

Li fiers Aigleaus a sa teste enclinee *3.26*
Si que il a sa joie bien celee,
Et maint oisel en firent granz risees.

Que vos iroie je trop lonc plait faisant ? *3.27*
Mout offendu se sent li Dodinanz,
À sa voiz pert, tuit le vont percevant.

« Ice voloie dire », dist il adonc : *3.28*
« Savoir devez quel est la rien el mont
Qui mieuz nos puet sechier, n'i a meillor :
Icele rien, ce est uns Cors à cort. »

« Uns Cors à cort, qu'est ce ? » demande atant *3.29*
Alis ; d'enquerre n'ot mie grant talent,
Mais sa parole avoit li Dodinanz
Laissiee com s'il pensast voirement
Qu'aucuns deüst dire moz entre tant
Et il n'i ot nului qui fust en grant
De ce enquerre fors la Tose Vaillant.
« Jel mosterrai », respont li Dodinanz,
« Au mieuz que puis, c'est en cel Cors faisant. »

Et por ce que vos meïsme voudrez *3.30*
Un jor d'iver, quant il fait froit assez,
Icele chose essaiier, si m'oez.

Or vos dirai coment li Dodinanz *3.31*
Ovra. Seignor, soiiez mu et taisant :
Ce que il fist orrez tot maintenant.

Primes fist il un cerne ò il corroient ; *3.32*
À compas n'ert formez, ce est la voire,
(« En autel forme com de pome o de poire
Porroit il estre », dist il, « se Dieus me voie. »)

Puis les mist çà et là lonc icel cerne : *3.33*
Parmi le cors trestoz les esparpeille.
À corre prenent li oisel et les bestes
Et s'i corut la Nobile Pucele.

Nus ne crïa : « Et un et dos et trois, *3.34*
Corez ! » Seignor, nel tenez à gabois,
Mais il coroient si com il lor plaisoit
Et s'arestoient quant talenz lor prenoit.
À savoir ert grief se li cors estoit
Feniz o non, tant i ot grant desroi.

Mais tote voie quant il ont tant coru *3.35*
Que on peüst rostir en for un luz,
Lors furent sec li juene et li chenu.

Quant li oisel et tuit ont coru tant *3.36*
Que on peüst mangier onze harens,
Sodainement crïa li Dodinanz :
« Or est feniz li cors, par saint Alban ! »
Et entor lui se vont atropelant

Oisel et bestes et la Tose au Cors Gent.
« Qui a le los ? » demandent maintenant
Totes et tuit pantaisant durement.

Li ber ne pot soudre la questïon *3.37*
Qu'il n'i pensast forment ; contre son front
Tint longement un doi, qu'il fu ainsos.
(Mout resembloit ainsi le jogleor
Qui Crole Lance est clamez ; sil sieut on
En portraitures veoir par tot le mont.)

Li autre atendent, qui sont taisant et mu. *3.38*
Li Dodinanz dist en fin : « Par Jesu,
Bien le sachiez : tuit ont le cors veincu
Si que le pris en doit avoir chascuns. »

« Tuit ont le cors veincu, tuit avront dons. » *3.39*
Crïant ensemble demandent li plusor :
« Qui les donra ? » Li Dodinanz respont :
« Ce fera ele, que de fi le set on. »

« Ce fera ele, nos le savons de fi. » *3.40*
Mostré lor a à un doi Aalis,
Si s'atropelent adés tuit entor li.

« Les dons ! Les dons ! » crïent il mesle mesle. *3.41*
Quant el les ot, la Nobile Pucele
Ne set que faire, ce reconte la geste.

Mout se despoire, si bote en s'aumosniere *3.42*
Sa blanche main qui ert tote legiere ;
Une boistete i ot qui emplie iere
De fruiz temprez en çucre en vint manieres.

De s'aumosniere traist Alis la boistete ; *3.43*
Bien li cheï, qu'ele fu nete et seche,
N'i entra eve salee felenesse.

À chascun tent un fruit, ce est ses dons. *3.44*
Un fruit ont tuit et nus n'en reçoit dos.
Dit la Soriz : « Doner devons un don
À li meïsme, que bien le savez vos. »
Li Dodinanz dit : « Ce sai à estros. »

« Ce sai je bien », respont li Dodinanz ; *3.45*
Que qu'il parole n'a de rire talent.
Vers Aalis se torne et dit avant :
« Quel autre chose avez vos là dedenz ? »

Lors respondi la Tose o le Vis Cler : *3.46*
« Dodinanz, sire, se Dieus me doint santé,
En m'aumosniere n'a rien fors un deel. »

La Noble Tose li respont matement : *3.47*
« Fors un deel n'i troverez nïent. »
« Donez le moi », li dist li Dodinanz.

Autre foiz sont trestuit atropelé *3.48*
Entor Alis, si li a presenté
Li Dodinanz son demaine deel.
Pas ne gaboit, ce sachiez senz doter.

« Ma damoisele », a dit li Dodinanz, *3.49*
« Ne vos soit grief, recevez en present
Icest deel qui tant est avenanz. »
Li Dodinanz ne parla pas lonc tens,
Si le loerent trestuit mout durement.

Atant pensa la Tose Debonaire : *3.50*
« Sote est la chose et à raison contraire. »
Mais el n'osa rire de cest afaire.

« La chose est sote », dist en soi la Meschine, *3.51*
Mais de l'afaire ne s'osa ele rire
Car bien veoit qu'il ne gaboient mie.
Ne set nïent ce qu'ele porroit dire,
Ce est por coi se taist, et si s'encline.

Le chief encline Alis, le deel prent. *3.52*
Mie ne mostre la Tose à son semblant
Qu'el les tenist trestoz à foles genz.

Pas ne mostra la Pucele Esleüe *3.53*
Qu'el les tenist à foles crïatures.
Aprés ce durent mangier les fruiz au çucre :
Lors i ot noise, la gent fu esperdue ;
Là se plaignoit la volille corsue
De ce qu'es fruiz ne sentoit savor nule ;
Là s'estrangloit la volille menue,
El dos devoit estre soef ferue.

Mais tote voie font pais à la parsome. *3.54*
Totes et tuit la Soriz avironent
Et de rechief s'assieent en corone,
Si la deprïent qu'el die un novel conte.

« Tu l'as promis », dist atant la Meschine, *3.55*
« Conter nos doiz l'estoire de ta vie,
Ce saches bien, et si nos doiz redire
Par quel raison tu hez de grant haïne –
Et C et G. » Por qu'el ne soit oïe,
Bas le redit, qu'el crient que la chetive
Soit offendue si come ele fu primes.
Cele se torne vers Alis, si sospire.
« Lons est mes contes », dist ele, « et mout est tristes. »

« Mes contes est mout pitos, par saint Marc, *3.56*
Mais tote voie, seignor, ne dotez pas
Que por rien nule del conter m'acoart. »
Quant Aalis entent que sa coe art,
Mout s'esmerveille, qu'el ne voit nule part
Ne feu ne flame, si fiche son esgart
Enz en la coe, mais ce fait el endar.

La coe esgarde la Nobile Meschine : *3.57*
Ne feu ne flame n'i pert, mout est baïve.

Que que son conte conte la Soriz Grise,
Alis le voit et ot en ceste guise :

« Furor dist à *3.58*
la Soriz, Qu'il 1153
encontra
el pailliz : 1154
'Alons andui
as plaiz,
retee iers
d'un afaire. 1155
Vien, tu nel
puez refuser, 1156
Car à droit
devons
ester ; 1157
Voir est
que ui ma-
tin n'ai
nule rien
à faire.' 1158
La Soriz
dist à Furor : 1159
'Senz juge
et senz
jureor 1160
Perdriiens
en cel
plait
nostre
aleine,
beaus
sire.' 1161
'Juges
serai
et jure-
re', 1162
Li
dist
li
vieuz
dece-
vere, 1163
'Le
juge-
ment
ren-
drai,
si
te
ferai
oci-
re.'» 1164

Dist la Soriz à la Tose au Vis Cler 3.59
Trop rustement : « Bien voi que n'escoutez
Mie mon conte ! Ò est vostre pensez ? »

Dist la Soriz : « Pas n'escoutez mon conte ! » 3.60
« Pardon vos quier », li respondi la Tose,
« Si com je cuit, au quint tor de la coe
Contiiez ja. » Mout se fist umble et sople
La Pucelete qui dist ceste response.

Mout umblement ot respondu Alis, 3.61
Mais la Soriz s'enire et à haut cri
Dit aigrement ces paroles : « No fis ! »
Dist Aalis : « Un no ! » qu'el veut toz dis
Aidier autrui, si esgarde entor li
Et durement s'esmaie. « Ice te pri,
Lai moi desfaire o toi cel no tortiz ! »
« No ferai, voir », respondi la Soriz
Qui se leva et sempres s'en parti.

« Honie sui quant j'oi itieus paroles 3.62
Qui foles sont, si les tieng à ventvole ! »
Quant Alis l'ot, atant s'en desconforte :
« Pas nel voloie », dit el, « ne sui si ose ! »

« Ofendue estes de legier, ce sachiez ! » 3.63
La Soriz a grondi, ne respondié.
Dist Aalis : « Revien, ne te soit grief,
Le conte orrons que tu as commencié ! »
Totes et tuit redistrent avec lié :
« Bele Soriz, le conte fenissiez ! »
Mais la Soriz crola son petit chief,
Ne vout respondre, que plus n'i atendié,
Et le troton s'en va sor ses gris piez.

La Soriz crole son chief, qui est petiz, 3.64
Ne vout respondre et plus n'i atendi,
Le trot menu s'en part sor ses piez gris.
Quant nus ne pot plus veoir la Soriz,
Li Papegais jeta un grant sospir :
« C'est granz damages qu'ele s'en vout partir ! »

Quant la Soriz s'en part, qui fu isnele, 3.65
La vieille oissor d'un Crabe voit son aise.
Sa fille estoit delez li à senestre,
Si l'araisna : « Par les ieuz de ma teste,
Ja mais nul jor ne te doiz tu iraistre
Com la Soriz, chiere fille grandete !
Bien l'as veü : de corre ert trop engresse. »
Sa fille est juene, si respont par contraire :
« Ne parlez, mere, que vos vos devez taire ! »

« Mere, taisiez, par le cors saint Aubin ! 3.66
Neïs une uistre ne le porroit sofrir ! »
À haut ton dist la Pucele au Cler Vis,
Qui n'esgarda ne cestui ne celi :
« Tant me pleüst qu'o moi eüsse ci
Ma Nicolete, ne vos en quier mentir !
En petit d'ore ramenroit la Soriz ! »
Li Papegais demande : « Qui est Ni
Colete ? Sel nos dites, ce vos pri. »
« C'est nostre chate », respondi Aalis
Senz demorance, que preste estoit toz dis
Qu'ele parlast de son chat, ços afi,
« Et tant set prendre et rates et soriz,
Pas ne poez trover meillor de li !
Et des oiseaus refait ele autresi :
Si tost qu'el voit oiselez, ses ocit
Et ses manjue, ainsi sont desconfit ! »
Quant ce oïrent, tuit furent esbaï.

À grant merveille s'esbaïst li tropeaus : *3.67*
Ce que il ot ne li est mie bel.
Tot maintenant s'en corent aucun oisel.

Li oisel fuient, qui sont desconforté. *3.68*
Une Pie ot qui fu auques d'aé :
Estroit se prist lors à envoleper
En son mantel qui ert d'ermine cler
À sables noirs, plus bel ne troverez.
La Pie dist : « Por voir doi retorner
À ma maison, c'est fine verité :
L'airs de la nuit grieve ma gorge assez ! »

Ainsi s'en va la Pie à son sirop. *3.69*
Lors oï on la voiz d'un Rossignol
Qui mout trembloit, mais il n'estoit pas ros,
Et pres de soi ses pijons apelot.

« Mi enfant chier, tens est quos en partez ! *3.70*
Tuit devriiez jesir en voz mous lez :
Mestier avez de voz cors reposer ! »

Li Rossignous s'en va à sa maison *3.71*
Et tuit s'en partent, chascuns trueve ochaison
D'aler mout loing en autre regïon.
Tost est remese Alis sole en l'erbor.

Triste remest Aalis en l'erboi. *3.72*
« Pas ne deüsse », dist la Pucele en soi,
« De Nicolete parler, en moie foi !
Ma chate n'aime nesuns, si com je croi,
Ici soz terre, mais cui qu'il griet ne poist
N'a meillor chat deci en Loenois ! »

« Nul chat ne vi qui fust de sa bonté : 3.73
N'a meillor chat jusqu'à la Roge Mer !
Ha Nicolete ! Com je te puis amer !
Mie ne sai se je te reverrai ! »
La Lasse a pris de rechief à plorer :
Sole se sent, s'a le cuer abosmé.

Alis est sole, si a le cuer marri. 3.74
Mais quant la Lasse ot ploré un petit,
S'a assez loing pas mout menuz oïz.
Amont regarde, mie nel fait enviz :
Auques espoire la Pucele au Cler Vis
Que son corage a changié la Soriz
Et qu'el revient por s'estoire fenir.

Auques espoire la Pucele au Vis Cler 3.75
Que la Soriz a son talent müé
Et qu'el revient por s'estoire finer,
Mais ce n'ert el, onc ne l'ot en pensé :
Uns autres vint, qui mout se pot haster,
Com vos orrez ainz qu'il soit avespré.

CHAPITRE IV

Ci orrez com li Blans Conins envoie un Brief

Alis espoire que ce iert la Soriz. 4.1
Pas n'estoit ele, ainz ert li Blans Conins :
Tot le passet revenoit le chemin.
Mout est ainsos, ne s'en puet astenir.
Entor soi garde, et lors vos fust avis
Perdue eüst aucune rien de fi.
En soi murmure, que bien l'ot Aalis.

Bien ot Alis del Conin les paroles : 4.2
« Ha ! la Duchoise ! Ahi ! mes chieres poes !
Ahi ! mi douz grenon que tant amoe !
Ahi ! ma pel ! Veoir vos veut el morte. »

« Morte vos veut veoir, ma tendre pel, 4.3
El me fera ocire, s'en sui cerz
Si com toz jorz seront furet furet !
Cheoir les ai laissiez. Mout me merveil

Ò ce pot estre, par mes cointes jarrez ! »
Maintenant sot Alis que son flavel
Aloit querant o ses ganz de chevrel.

À reverchier prent lors la Debonaire *4.4*
Et à cerchier par tot, qu'el quiert la paire
De ganz de cuir novel qui soef flairent
Et le flavel qui fu faiz à Tudele.

Par tot cercha, mais ne les pot trover. *4.5*
Avis vos fust que on eüst müé
Trestote rien puis que ele ot noé
En l'estanc qu'ele ot fait par son plorer.

Esfacié erent à estros la grant sale, *4.6*
Li petiz uis et la verrine table.
Plus ne les voit Alis, n'est mie fable.

Tost aperçoit li Conins la Pucele *4.7*
Qui par tot cerche. Lors se prent à iraistre,
Si li crïa : « Marïon ! Par ma teste !
Que faiz tu ci marchant à tes piez l'erbe ?
Un grant flavel et uns ganz me doiz querre
En ma maison ! Haste toi, Marotele ! »

Quant ce entent, Alis a grant peor, *4.8*
Ò il li dit qu'ele aut, cele part cort,
Plus tost s'en part que ne vole faucons :
Pas ne s'esforce la Pucele au Cler Front
De lui mostrer que faite a mesprison.

Que qu'el coroit, si dist en soi meïsme : *4.9*
« Li Blans Conins cuidoit qu'en son servise
Com chamberiere fusse, c'est grant folie. »

« Ce cuidoit il, par le cors saint Lucas ! *4.10*
Com baïs iert quant il m'entercera
Por Aalis ! Lors s'en merveillera. »

« Mais mieuz me vient lui porter ses ganz blans *4.11*
Et son flavel – ce est, si com j'entent,
Se je les truis o defors o dedenz. »

Come el disoit ces moz, une maison *4.12*
Petite et gente trova Alis adonc.
Une tablete ot sor l'uis, de laiton,
Qui plus reluist que pene de paon ;
En letres d'or B. Conin lisoit on.
À l'uis ne hurte, si entre et amont cort :
Encontrer puet cele qui Marïon
A non por voir ; de ce a grant peor.

Peor avoit Alis qu'on la chaçast *4.13*
De la maison devant qu'ele trovast
Les petiz ganz qui roge ne sont pas
Et le flavel, cui que il en pesast.

Lors pense Alice, si dit en son corage : *4.14*
« Por un conin m'en vois je en message !
Bien semble estrange, et si n'est mie fable.
Si com je cuit, Nicolete ma chate
Voudra bien tost que son servise face ! »

Atant a pris la Tose o le Vis Cler *4.15*
Ce qu'advendroit à peindre en son pensé :
« 'Ma damoisele, ça venez senz tarder.
Acesmez vos, si irons par les prez :
L'air net et pur devez vos alener !'
'Je vieng, maistresse, un petit atendez !

Mais cest pertuis doi je tandis garder
Jusque ma chate reviegne de preer.
C'est un pertuis de soriz, pas n'est lez,
Gaitier m'estuet, qu'el ne doit eschaper.' »

« Mais pas ne cuit », redist Alis en soi, *4.16*
« Que on laissast Nicolete manoir
En la maison s'à comander prenoit
À tote gent faire ce qu'el voudroit ! »

Ainsi parlant vait ele senz tarjance, *4.17*
Si est venue en une bele chambre
Petite et nete, ne cuidiez que je mente.

Quant en la chambre fu entree Aalis, *4.18*
Dedenz l'entaille d'une fenestre vit
Sor une table de ganz blans et petiz
Dos paire o trois, et un flavel faitiz.
(Ce esperoit, ne vos en quier mentir.)

Li gant estoient fait de cuir de chevrel : *4.19*
Uns ganz a pris la Tose o le flavel ;
Grant talent a qu'ele s'en parte isnel.

Partir s'en veut Alis quant ele voit *4.20*
Une fiole delez le mireoir.
Petite ert la fiole, mais point n'avoit
De parchemin une piece ò Boiſ moi
Peüst on lire, qui eüst trop gant soi.

Sor la fiole n'ot nesun mot escrit, *4.21*
Mais tote voie l'a saisie Aalis.
L'estopail oste et à son nés l'a mis.
Atant le flaire com ses pere fait vin

Que il achate à Beaune o à Provins.
Ses levres met sor la fïole et dit :
« En mon corage sai je senz contredit
Que uns afaires mout granz sieut avenir
Quant je manjue o boif, par saint Maci ! »
Ce dist en soi la Pucele au Cler Vis.

Itant disoit la Pucele au Blont Chief. *4.22*
« Por ce verrai qu'o la fïole avient :
En esperance sui je que de rechief
Deviegne grant, mout en ai desirrier,
Trop lonc tens fui chose petite et brief,
Mout lasse en sui, tot ice doit changier ! »
Tot fu müé, Alis pas n'atendié :
Ainz que beüe eüst nes la moitié
De la fïole, si senti que ses chiés
Hurtoit la voute de pierre et de mortier ;
Son chief encline que n'ait le col brisié.
Senz atendue mist la fïole arier.

Le vaissel a Alis arier boté, *4.23*
Si dist en soi : « Or ai beü assez –
En esperance sui que ne doie enfler,
Que trop grant sui – par l'uis ne puis passer –
Issir ne puis, c'est fine verité. »

Si se demente la Meschine Esleüe. *4.24*
« Com je voudroie que tant beü n'eüsse ! »
À tart le veut, si est tote esperdue,
Que plus et plus est grant et corporue.

Plus et plus croist la Pucele au Cler Front : *4.25*
Bien tost l'estuet metre soi à genouz
Sor le planchié qui n'est mie braios.

Sor le planchié est à genouz Alis, *4.26*
Mais en poi d'ore ne s'i puet plus tenir.
S'esprovera s'ele porra gesir :
Si met un cote contre l'uis quist petiz,
Entor son chief a son autre braz mis.

Contre l'uis ot mis son cote à senestre *4.27*
Et son braz destre ot mis entor sa teste,
Mais tote voie ne fina el de creistre :
En la fin lance un braz par la fenestre,
Que plus ne set que dire ne que faire.

Par la fenestre a la Tose Onoree *4.28*
Lancié un braz, tant est desconfortee,
Et un pié giete amont la cheminee.

Lors dist en soi la Tose Debonaire : *4.29*
« Coment qu'il preigne, plus ne savroie faire.
Qu'avendra il de moi ? Griés est l'afaires. »
Il est escrit en l'anciiene geste
Que bien cheï à la Franche Pucele :
La fiolete faite par artimaire
N'ot mais vertu, sa force estoit desfaite ;
Mais neporcant, s'ot Alis grant mesaise.

Plus ne croist ele, mais tote voie gient. *4.30*
S'Alis n'est liee, ne vos en merveilliez,
Que pas ne voit com el puist de rechief
Estre defors por un mui de deniers.

Mout se demente la Pucele au Vis Cler : *4.31*
« Vie meillor menoie en nostre ostel. »
Grant talent a qu'ariere puist torner.

« En nostre ostel vivoie je mout mieuz, *4.32*
Et totes ores grandir ne acorcier
Nem covenoit, par le cors saint Richier ! »

« Nem covenoit acorcier ne grandir, *4.33*
Et ne devoie à soriz obeïr
Ne à conins otroiier lor plaisir. »

Lors redisoit la Pucele au Vis Cler : *4.34*
« Pres ne voudroie que n'eüsse avalé
Cel lonc pertuis du conin, c'est verté,
Mais tote voie est trop estrange assez
Iceste vie, ja mar en doterez ! »

Ice disoit la Pucele au Cler Vis. *4.35*
« Mout me merveil que me pot avenir !
Quant je lisoie tanz contes et tanz diz
O males fees, o chevaliers gentis,
O maintes bestes qui se suelent vestir,
Pas ne cuidoie qu'il peüst avenir
Que itieus riens eüst, or sui enmi ! »

« Enmi un conte sui je de faerie ! *4.36*
Bien devroit on de moi escrire un livre,
Ce devroit on, se Dieus me beneïe !
Quant je serai parcreüe et fornie,
Par moi meïsme en voudrai un escrire –
Mais ja sui je parcreüe et fornie »,
Redist Alis à voiz dolente et triste,
« À tot le meins, croistre ne puis je mie
En ceste chambre, ce est verité fine. »

« Mais s'ainsi est, est il voir que ja mais *4.37*
N'envieillirai, cui qu'il soit bel ne lait ?

De ce avrai grant confort entresait –
Que vieille feme ne devendrai ja mais –
Mais d'autre part – serai en grant deshait – »

« Deshaitiee ier, ne cuidiez que je mente, *4.38*
Il m'estovra toz tens leçons aprendre !
Senz nule dote cherrai en desperance ! »

Lors respondi à soi meïsme Alis : *4.39*
« Fole pucele, coment puez tu ici
Leçons aprendre ? Por toi trueves enviz
Place ò peüsses ester, par saint Remi ! »

« À enviz trueves place por toi meïsme, *4.40*
Place n'i a por livre en nule guise ! »
Ainsi parole la Nobile Meschine,
Primes desfent en soi une partie,
Et puis se tient devers l'autre partie :
Desputaison i a qui n'est frarine.

Pose parla et à soi desputot, 4.41
Mais une voiz oï el par defors ;
Escouter vout Alis, atant se tot.

La voiz disoit : « Marïon ! Marïon ! 4.42
Querre me va mes ganz en ma maison,
Ne tarde mie ! » Atant entendi on
Pas toz menuz qui montoient amont
Sor le degré. La Pucele au Cler Front
Sot que c'estoit li Conins perillos :
Querant l'aloit ; ilors ot grant peor.
Forment en tremble et la maison escot.
Oblïé a qu'or a le cors graignor
Del Blanc Conin qui tant est aïros
À neuf cenz dobles o plus, bien le savons :
Le Conin crient à tort et senz raison.

Tot maintenant vint à l'uis li Conins ; 4.43
Ovrir le vout ; mais la Pucele tint
Son cote ferm contre l'uis à verniz.
Li uis ovroit par devers Aalis,
Por ce failli li Conins à l'ovrir.
En soi parloit, bien l'a Alis oï :
« Enz enterrai, puis que il est ainsi,
Par la fenestre, si m'estovra guenchir. »
« Nel ferez mie », ce pensa Aalis.
Un poi atent. Quant il li est avis
Qu'il est venuz soz la fenestre en fin,
Sodainement estent son braz poli
Et de sa main vout le Conin saisir.
El ne prist rien, s'oï un petit cri
Et si oï aucun chëoir aussi
Et grant escrois de briseïz verrin.

Grant escrois ot. Lors pense la Meschine 4.44
Qu'il est cheüz en un escring à vitres
(Escring o arche o voute d'autel guise) :
Por plus tost croistre i sont concombres mises.

Lors rot Alis une voiz qui s'iraist. 4.45
Del Conin est la voiz, qui crie et brait :
« Guilhem ! Guilhem ! Or me di ò tu es. »

Une voiz rot que onques n'entendié : *4.46*
« Certes, ci sui ! Si m'estuet esrachier
Pomas terrines, senher, c'est mes mestiers ! »
Dist li Conins : « Voire », si est iriez,
« Pomas terrines ! Vïaz me vien aidier !
Je vueil issir, trop a ci encombrier. »
Lors roïssiez encor voirre brisier.

« Di moi, Guilhem, qu'est ce en la fenestre ? » *4.47*
« Certanamen voi, senher, un braz destre. »
(« Baraz » disoit, qu'il ot povre cervele.)
« Tu es une oe ! Uns braz ne puet ce estre,
Onc ne vit nus si grant, que la fenestre
En est emplie, foi que je doi ma teste ! »
« Certanamen est pleine la fenestre,
Senher, mais c'est uns braz, ne m'en puis taire. »
« Cui qu'il soit lait, laienz n'a il que faire :
Ne tarde mie, d'iluec le va fors traire ! »

« Oster le cor, ne demorer nïent ! » *4.48*
Quant ce ot dit, si se torent lonc tens,
Puis reparlerent, mais c'ert bassetement.
Li uns disoit : « Senher, certanamen
N'est cist afaires plaisanz ne tant ne quant ! »
L'autre disoit : « Soies obeïssanz,
De peor trembles, trop vas acoardant ! »

« Rien peorose et chose acoardie ! » *4.49*
« Icist afaires, senher, ne me platz mie ! »
Cil dui parloient entre eus en itel guise,
D'ores en autres les ooit la Meschine ;
À la parfin restent sa main polie.

Son braz estent, si les voudra saisir. *4.50*
À cele foiz ot el dos petiz criz
Et escrois rot de verrin briseïz.

Alis ot voirre et chëoir et casser. *4.51*
À itant dist la Tose en son pensé :
« Quanz escrinz ont por concombres garder
De giel, de pluie et de mauvais orez ! »

« Que feront il aprés ? C'est grant merveille ! *4.52*
S'il me pooient sachier par la fenestre
Si que fors fusse, mout en seroie à aise !
Issir m'en vueil, ci n'est pas mes repaires ! »

Plus rien n'oï Alis, piece atendié. *4.53*
À chief de pose oï ele aprochier
Les roeletes d'un char, mentir n'en quier.

Un petit char ot Alis qui aproche ; *4.54*
Avuec ce ot maintes voiz qui parolent ;
Grant noise font, mais tote voie note
Enmi les moz meslez aucunes choses.

« Mais ò est l'autre eschiele ? – Par ma gole, *4.55*
Avuec Pepin, j'en devoie une sole
Aporter chi – Pepins ! Va senz demore
Querre l'eschiele, et cor plus tost qu'aronde ! –
À chest coron les drece – Si i noe
Tot premiers cordes – estre deüssent à doble
Hautes, ses loie ensemble, pas n'en groche – »

« Loie les bien – Trop curïosement *4.56*
Entenz as noz, si ierent mout vaillanz –
Pepins ! Va prendre ceste corde erranment –

Porra li toiz porter aucune gent ? –
Or vos gardez ! Ceste adoise est crolanz –
Ele descent ! – Baissiez voz chiés errant ! »
Lors oïssiez un escrois si tres grant
Que por la noise n'oïst on Dieu tonant.
« Mais ce, quil fist ? – Ce fist Pepins, ce pens – »

« Ce fist Pepins, c'est verité provee – *4.57*
Mais qui devra parmi la cheminee
Avaler jus ? – Trop a roiste avalee :
Pas nel ferai, cheoir porroie en brese ! – »

« Tu le feras ! – Je non, je n'irai mie ! – *4.58*
Pepins la doit avaler, par saint Gile –
Pepins, là doiz aler, che dist no sire ! »
Atant a dit Alis en soi meïsme :
« Donc vendra çà Pepins li Briés qui vitres
Frainst et brisa ; li autre le despisent :
Au mien cuidier le blasment tuit à tire ! »

« Pas ne voudroie estre Pepins li Briés *4.59*
Qui me donast tot l'or de Monpellier.
Certes, estroiz est forment cist foiers,
Mais tote voie porrai je bien lancier
Un poi amont un pié, au mien cuidier ! »

Ice pensa la Meschine Onoree. *4.60*
Plus loing qu'el puet bote en la cheminee
Son destre pié senz nule demoree.

Lors atendi tant que une bestete *4.61*
Oï, ne sot quel beste ce pot estre.
Cele n'estoit pas loing de la Pucele.

Là sus gratoit et de ses piez feroit. 4.62
« Ce est Pepins », dist Aalis en soi ;
Son pié lança contremont demanois :
Un ruste coup sot la Tose asseoir.
El vout savoir qu'aprés ce avendroit,
Si atendi. Primes ot maintes voiz
Qui dïent totes ensemble : « Pepin voi ! »
Puis rot la voiz del Conin qui crïoit :
« Jetez voz mains, vos qu'estes lez la soif,
Recevez le en voz braz or endroit ! »
Aprés se torent, puis roï moutes voiz.

Les voiz disoient : « Encontremont levez 4.63
Son petit chief – Donez li vin ferré –
Tot belement – Pas nes doit estrangler – »

« Quel aventure trovas tu ? Que t'avint ? 4.64
Di nos trestot, beaus compaing, senz mentir ! »
Une voiz foible oï en fin croissir
(Et si pensa : « Ce est Pepins, de fi. »)

(Alis pensa : « Ce est Pepins, ce croi. ») 4.65
Oez, seignor, ce que disoit la voiz :
« Por voir, à peine le porroie savoir –
Je te merchi, plus n'en vueil, par ma foi. »

« Chinc chenz merchiz ; plus ne vueil je ferré ; 4.66
Or me sent mieuz – mais je sui si torblez
En mon corage que je ne puis conter – »

« Nïent ne sai fors tant qu'aucune rien 4.67
Saut sodement et com foudre me fiert,
Lors vol en haut plus droit que li carriel
Qui d'arbaleste sont trait devers le chiel ! »

Dïent li autre : « Compaing, ce feïs mon ! » 4.68
Une voiz dist : « Or ardons la maison ! »
Del Blanc Conin fu la voiz. À haut ton
Crïa Alis : « Je laisserai sor vos
Aler ma chate se vos faites arson ! »

Sempres se torent trestuit et mot ne distrent. 4.69
Ilors pensa Alis en soi meïsme :
« Que feront il aprés ? Ne le sai mie. »

Atant redist la Gente Tose en soi : 4.70
« Se sené erent, s'osteroient le toit. »
Rien n'oï ele tant come on eüst trois
Colons plumez, nel tenez à gabois.
Lors les oï et çà et là movoir
Et si roï le Conin qui parloit.

« O une asnee comencerons nos primes, 4.71
Assez avons. » Lors pensa la Meschine :
« De coi sera l'asnee que il quistrent ? »

Pas n'atendi lonc tens, mout tost le sot : 4.72
Par la fenestre entrent petit chaillo.
Plus espés volent que gresle sor les chous
Del vilain qui s'en despoire et si tort
Ses poinz, à voiz escrïant : « Or sui morz ! »
Si la ferirent el vis, de tex i ot.
Lors dist en soi la Pucele au Gent Cors :
« À ce metrai je fin. » « Pautonier ort »,
Crïa Alis, « qui estes là defors,
Mieuz vos vendroit müer vostre propos ;
Plus ne jetez pierres, vos avez tort ! »
Et cil se torent encor, ne distrent mot.

Quant li chaillo gisoient à la terre, 4.73
Lors se muoient, ce reconte la geste,
En gastelez. La Tose Debonaire
Garde s'en prent et auques s'en merveille.

Gastelez voit Alis, garde s'en prent 4.74
Et si entra en un pensé vaillant.
« Se je manjue un gastel, o plus grant,
O plus petite devendrai certement. »

« Au mien cuidier », dist en soi la Meschine, 4.75
« Ne puis graindre estre, s'en serai plus petite. »
Un des gasteaus engole et apetice,
Si s'en esjot plus que je nel sai dire.

En poi de tens fu la Tose au Vis Cler 4.76
Petite assez, si pot par l'uis passer.
Se el s'en cort, ne l'estuet demander !

Defors la chambre est la Gente Pucele. 4.77
Iluec voit el un tropel de bestetes
Qui là atendent o oiseaus et oiseles.

Enmi eus siet la chaitive Laisarde 4.78
Et dos mostoiles la tienent en lor brace ;
D'une boteille li donent un bevrage.

Les dos mostoiles, si font boivre Pepin. 4.79
Quant Alis voient, tuit corent contre li,
Mais el s'en fuit, que pas n'i atendi.

Alis s'en cort. Or est à sauveté 4.80
Enz en un bois espés, pas n'a tardé.
Lors dist en soi la Pucele au Vis Cler :
« Premierement me covient recovrer
Ma grandor tote, de ce n'estuet doter.
Puis m'estovra en cel jardin entrer
Qui estre semble chose celestïel,
Tant par est beaus, c'est fine verité.
Por ce devrai une voie trover. »

« Entrer devrai el jardin avenant. » 4.81
Alis aloit le bois avironant
Quant ce disoit. « Si com je croi et pens,
Mieuz ne porrai faire, par saint Jehan ! »

Ice disoit la Nobile Pucele 4.82
Et si cuidoit qu'el ne peüst mieuz faire :
Bien devisez estoit li suens afaires
Et tot à point, ce li ert à vïaire.

Bien devisez estoit au suen cuidier 4.83
Li suens afaires, mais itant de meschief
I ot qu'Alis ne pot veoir por rien
Come el peüst de ce venir à chief.
Ainsose estoit, de verté le sachiez ;
Entor soi garde parmi les hauz cormiers :

Tot maintenant ot un abai de chien ;
D'amont venoit, si fu briés et legiers.
Hastivement jeta en haut ses ieuz.

Ses ieuz jeta en haut senz atendue ; *4.84*
Lors a veü la Meschine Esleüe
Un chaelet, s'ert granz à desmesure.

Icil regarde la Meschine au Vis Fier *4.85*
De ses granz ieuz qu'ot roonz, et tochier
Vout Aalis ; por itant estendié

Un poi sa poe, mentir ne vos en quier.
Dist Aalis senz point de l'atargier :
« Chaitive chose ! » Sel voloit losengier.

Alis s'esforce durement de sifler *4.86*
Por que li chiens viegne devers son lez,
Mais adés crient que il soit afamez
Et que mangier la doie et devorer.

Grant peor a la Pucele au Cler Vis : *4.87*
Mangera la, tant le puisse blandir.
À mout grant peine sot Alis qu'ele fist ;
Un ramel vit, erranment l'a coilli,
Tot maintenant au chael le tendi.
Tantost saut cil en l'air, toz liez glatist.

Li chaeaus est sempres saliz en piez, *4.88*
De joie abaie, que durement est liez.
Vers le ramel s'en cort senz delaiier,
Si fait semblant que il l'aut depecier.
Tres un chardon s'en va Alis mucier.

La pucelete, si a mout grant peor *4.89*
Que ne l'enverst li chaelez dotos :
Ele se muce derriere un grant chardon.
Quant ele issi de derrier le chardon,
Lors recorut li chaeaus au baston.
Mais trop se haste, que il cort de randon,
Si chiet le chief par desor les talons.
Lors pense Alis li jeus est perillos.

Bien voit Alis qu'el devra perillier *4.90*
Com s'el jooit o un pesant somier
Qui la deüst defoler soz ses piez.

Tres le chardon s'en corut de rechief.

Or est Alis derrier le grant chardon. *4.91*
Atant s'eslançe encontre le baston
Li chaelez, qui cort de grant randon.

Plus de cent foiz s'eslance li chaeaus : *4.92*
Un petit cort avant come contraiz,
Et come cers recort ariere aprés
Mout tost et loing, et tandis giete abais
Et ros et cas, tiex n'orrez vos ja mais.
En fin à terre se siet li chaelez ;
Mout fort aleine ; sa langue pendre lait
Defors sa gole ; ses beaus ieuz gros et vairs
Sont demi clos et il s'est en loing traiz.

Li chiens nes muet et Alis voit son aise : *4.93*
Eschaper puet, si ne s'atarde gaire,
Chaut pas s'en cort, ne fine ne ne cesse,
Si ot mout loing le chael qui abaie.

L'abais est foibles, bien le set Aalis : *4.94*
Loing est del chien, plus ne puet traire espir
Et lassee est, ne vos en quier mentir.

Alis fu lasse, si se vout reposer. *4.95*
Contre une flor s'ala lors acoter
Qui jaune estoit com burre naturel.

Lasse se sent la Pucele Gentil : *4.96*
Sor le tüel une fueille coilli,
Si s'esventa, que un flavel en fist.

Alis s'esvente et pense del chael. *4.97*
« Certes », fait ele, « icil chiens n'ert pas laiz ;
Mignoz et genz estoit, par saint Marcel ! »

Lors redisoit la Pucele au Cler Front : *4.98*
« Mout me pleüst lui enseignier mainz torz,
Mais – mais ne fust sofisant ma grandor. »

Lors s'apensa la Pucele au Front Cler. *4.99*
« Dieus ! de rechief m'estuet croistre et enfler !
À bien petit que ne l'oi oblïé ! »

« Esgarder doi com je puis esploitier. *4.100*
Aucune chose devrai boivre o mangier
Si com je pens. Mais que doi je mangier ?
Que doi je boivre ? Ci a grant encombrier. »

Encombrier ot, si le sachiez de voir. *4.101*
Atant garda Alis tot entor soi :
Mout i ot flors et erbe qui haut croist,
Mais Aalis ne vit en son destroit
Rien que mangier peüst ne boivre à droit.

En cel destroit ne voient si bel ueil *4.102*
Rien nule qui la repaisse, son vuel.
Lors primes a choisi un champignuel
Qui granz estoit plus d'un raim de cerfueil.

Li champignieus et Alis sont d'un haut *4.103*
O poi en faut. La Tose a son esgart
Torné en terre, et d'une et d'autre part,
Et par derriere, et atant s'apensa
Que ses dos ieuz ne metroit plus en bas :
Conseil a pris qu'en haut regardera.

Alis s'estent au mieuz que ele puet, *4.104*
Si esgarda desor le champignuel
Qui plus hauz ert que nus rains de cerfueil.
En es le pas encontrent ieuz si ueil.

D'une chenille erent li ueil qu'el vit. *4.105*
Asuree ert et grant, s'ot sor son piz
Croisiez ses braz qu'el ot corz et petiz.
Devant li ot un grant vaissel verrin ;
El fonz avoit eve, gel vos afi.

Sor le vaissel, si ot charbon ardant, *4.106*
Soz le charbon, erbes soef olanz ;
Les erbes chaudes cheoient belement
Enz el vaissel el fonz, pas ne vos ment.

Oez, seignor, tel ne verrez jamais ! *4.107*
La chenille alenoit l'air del vaissel
Qui soef flaire par un mout lonc tüel.

Mout coie siet et pas ne s'aperçoit *4.108*
De la Meschine ne de chose qui soit
Ne pres ne loing, nel tenez à gabois.

Chapitre V

Ci orrez conseil de chenille

Pose s'esgardent la Chenille et la Tose. 5.1
Mot ne sonerent jusque fors de sa boche
Traist la Chenille le tüel qui odore.
Alis araisne d'une voiz someillose.

Mout matement demanda la Chenille : 5.2
« Et qui es tu ? » N'i a nul qu'enhardissent
Itiex paroles. Lors respont la Meschine
À quelque crieme : « À peine le puis dire,
Dame, à ceste ore – à tot le meins puis dire
Qui j'estoie ui, quant à l'aube esclarcie
Levai au main, se Dieus me beneïe. »

Lors a redit la Pucele au Cler Vis : 5.3
« Plusors foiz fui müee, à mon avis,
Puis qu'ui matin levai et messe oï. »
Dist la Chenille, qui mie ne s'en rist :

« Qu'i entenz tu, enfes, quant ice diz ?
Or lem fai cler. » Aalis respondi :
« Ice ne puis, dame, si m'en marris. »

Ce dist la Tose au Gent Cors Onoré : *5.4*
« De moi meïsme ne puis rien faire cler, 1836
Car je meïsme ne sui, que bien i pert. »

Respondu a la Tose Debonaire : 5.5
« A moi meïsme ne me puis clere faire,
Que je meïsme ne sui, par saint Silvestre.
Mout bien i pert. » Dist la Chenille vaire
(Qui asuree estoit) : « Il n'i pert gaire. »

« Mieuz nel puis dire », respondi Aalis 5.6
Cortoisement, « durement m'en marris.
Premierement, ne vos en quier mentir,
Nel puis entendre, ne m'en puis esjoïr. »

« Autre meschief i a, pas ne vos ment : 5.7
Petite sui une ore, et l'autre grant :
En mon corage sui torblee forment. »

Dist la Chenille : « Torblee estre ne doiz. » 5.8
« Onques ne fustes ainsi torblee, espoir,
Mais quant müer devrez, par saint Eloi,
Por papillons devenir qui par pois
Vole amont et aval, atant seroiz
À grant malaise, nel tenez à gabois. »

Ice li dist la Pucele au Cler Front. 5.9
« Uns jorz vendra, ce sachiez à estros,
Ò vos serez uns volanz papillons,
Mais tote voie, ainz que viegne cil jorz,
En vostre pel serez vos en prison
Mout longement, que de voir le set on. »

Lors a redit la Pucele as Mains Blanches : 5.10
« Ja tendrez vos cel afaire à estrange,
Mien escïent, ne cuidiez que je mente. »

Dist la Chenille : « Je nel ferai nïent. » 5.11
« Vos, puet cel estre, sentez diversement »,
Ce li a dit la Pucele au Col Blanc,
« Por moi seroit estrange durement,
Mout bien le sai, nel tenez à engan. »

Ice ot dit la Nobile Meschine : 5.12
« Trop me seroit estrange, par saint Gile ! »
« Tu, qui es tu ? » li redist la Chenille
Qui fu estoute et n'a talent de rire.

Andos revienent ò eles comencierent 5.13
Lor parlement. Auquetes est iriee
La Noble Tose quant paroles si brieves
Dit la Chenille. Sor ses piez s'est dreciee.

Senz nul gabois a dit : « Au mien cuidier 5.14
Lem devez vos avant dire premiers :
Qui estes vos ? » Et l'autre respondié :
« Por coi ? » Pas n'ert ce à dire legier.

Pas ne savoit la Gente Tose Eslite 5.15
Por quel feïst. Et mout mautalentive
Li sembloit estre l'asuree Chenille.
Si s'en torna. Lors crïa la Chenille :
« Revien ariere ! Une rien te doi dire
De grant afaire. » S'espoire la Meschine
Que ele orra ce qu'ele plus desirre.
Atant s'en torne et vient à la Chenille,
Qui ne li dit fors sol : « Refreine t'ire. »

Dist Aalis : « Plus ne m'en direz vos ? » 5.16
(Au mieuz qu'el pot retenoit son corroz.)
Lors respondi la Chenille : « Je non. »

En soi a dit la Pucele as Mains Blanches : 5.17
« Rien n'ai à faire, si puis je bien atendre.
El me dira tel rien qui à entendre
Fera mout bien, espoir, se l'on i pense. »

Ice pensa par li la Noble Tose. 5.18
Pose se taist la Chenille qui bofe ;
En fin desploie ses braz ; fors de sa boche
Trait autre foiz le tüel qui odore.

« Penses tu donc que aucuns t'as müee ? » 5.19
Ce li a dit la Chenille asuree.
« Oïl voir, dame, c'est verité provee »,
Dist Aalis, « s'en sui desconfortee. »

« Ce que je soi ne puis bien remembrer ; 5.20
Or sui mout grant, or trop petite assez,
Lonc tens ne puis une hautor garder. »
« Quiex sont les choses que ne puez remembrer ? »
Dist la Chenille. « Talent oi d'esprover
Se je peüsse à haut ton recorder
'Maistre Corbeaus sor un arbre ramé',
Mais li mot vindrent et divers et müé. »
Ce respondi la Pucele au Vis Cler.

Triste ert la voiz de la Tose au Cler Vis. 5.21
« Redi *'Vos estes vieuz, Pere Martins'* »,
Dist la Chenille. Lors comença Alis,
Qui ot croisiees ses dos mains sor son piz :

« Vos estes vieuz, Pere Martins », dist li vaslez, 5.22
« Et vostre chiés est blans com noif sor pré ;
Si tenez vos adés tot en haut voz jarrez :
Est ç'avenant ? Pensez de vostre aé ! »

Respondu a li Pere à son fil : « En m'enfance 5.23
Cremoie mout que ce deüst blecier
Mon cervel ; point n'en ai, or le sai senz dotance,
Et por ce faz chascun jor le poirier. »

« Vos estes vieuz, Pere Martins, jel vos redi, 5.24
Plus cras de vos n'a deci qu'à Lïon ;
Mais parmi l'uis avez à reüsons sali –
Je vos en pri, dites en la raison. »

« En m'enfance », dist li prodom son chief crolant, 5.25
« Entendoie à mes jointures ploiier
O moiste ointure et vendre te puis oignement :
Por une boiste donras un denier. »

« Vos estes vieuz », dist li vaslez, « de voz maisseles 5.26
Ne poez vos maschier fors sol saïn ; 1936
Mais l'oe avez mangiee o os, bec et aisseles :
Dites com vos menastes ce à fin. »

« En ma jovence », dist ses pere, « fui as lois, 5.27
De toz les cas o m'oissor desputai ; 1940
Lors n'eüst il plus forz maisseles jusqu'à Blois,
Issi remestrent en tot mon aé. »

« Vos estes vieuz », dist li vaslez, « si que cuidier 5.28
Ne puet nus qu'encor soiiez cler vëanz ;
Or m'aprenez, pere, qui vos fist si legier :
Sor vostre nés balanciiez serpenz ! »

« Trois responses te dis, si as oï assez, 5.29
Beaus fiz », ce dist ses pere, « or te repon !
Desgage, o mesconter te ferai les degrez !
Oïr ne puis tote jor desraison. »

« Pas ne l'as dit ainsi come l'on doit », *5.30*
Dist la Chenille. Respont Alis : « À droit
Ne l'ai del tot dit, et si m'en esfroi. »

Pas n'ert hardie Alis quant el parlot. *5.31*
« Aucuns moz dis à droit, aucuns à tort,
Et si furent müé de tiex i ot. »

« Auquetes furent li mot du dit changié », *5.32*
Dist Aalis, « à celer nel vos quier. »
« Les moz as tu müez de chief en chief »,
Dist la Chenille, « ce sai je senz cuidier. »
Atant se torent tant com vos eüssiez
Mangié un pain faitiz o burre et miel.

Primes parla la Chenille punaise : *5.33*
Si li demande de quel grandor veut estre.
Lors respondi Alis senz nule areste.

« De la grandor nem chaut ne tant ne quant, *5.34*
Mais ce desplaist et poise durement
Quant aucuns change et menu et sovent,
Si le savez, dame, certainement. »
Dist la Chenille : « Je ne le sai nïent. »

Atant se tot la Pucele au Vis Cler ; *5.35*
Tant li a on contredit, onques tel
N'oï la Tose en trestot son aé.
Bien sent qu'el s'ire, que ne s'en puet garder.
Dist la Chenille : « Savoir vueil s'à ton gré
Est ta hautor o se pas n'est assez. »
Respont la Tose qui Tant Fait à Loer :
« Vostre merci, dame, s'un poi graindre ert,
Ce me pleüst, c'est fine verité :
S'aucuns est hauz un dor, c'est dolenté. »

Respondu a la Pucele au Chief Blont : *5.36*
« C'est granz enuis s'aucuns est hauz un dor. »
« Mout bele et bone est icele hautor ! »
Dist la Chenille, qui fu en grant iror.

Que qu'el parloit se dreçoit la Chenille *5.37*
(Un dor avoit de haut, c'est verté fine.)
Pitosement dist la triste Meschine :
« Pas n'ai apris à vivre si petite ! »
Et ce disant pensoit en soi meïsme.

En soi pensoit la Meschine Esleüe : *5.38*
« Mout me pleüst que totes crïatures
Ne fussent pas de legier ofendües ! »

Dist la Chenille : « Par tens l'avras apris. » *5.39*
En sa boche a le tüelet remis,
L'air du vaissel à alener reprist.
À cele foiz atent et suefre Alis.

Alis sofri tant que ele deignast *5.40*
Parler encore. Piece se tot et s'a
Fors de sa boche le tüel trait aval.

Lors baailla cele trois foiz o dos *5.41*
Et quant ele ot baaillié, si s'escost.
Del champignuel avale ele en l'erbos
Et lentement s'en va à ventrillons.

Si li a dit com ventrillant s'en va : *5.42*
« O une part plus haute devendras
Et plus petite seras o l'autre part. »
« Quiex est la part ? De coi est l'autre part ? »

Ice pensa Alis en soi meïsme. 5.43
« Del champignuel », li a dit la Chenille.
S'à haute voiz l'enqueïst la Meschine,
Mieuz ne parlast la Beste à la Pel Inde.
Quant ce ot dit, atant est esvanie.
Sole remest Alis, mout fu pensive.

Aalis pense, qui est remese sole. 5.44
Pose esgarda le champignuel la Tose ;
Ne set quel part eslire, or voit s'encombre.

Pensive fu Alis. Pose esgarda 5.45
Le champignuel. Reonz fu à compas :
Ne sot eslire l'une de l'autre part,
Mais tote voie estendi el ses braz.

Ses braz estent entor le champignuel, 5.46
Ele s'esforce aussi loing qu'ele puet.
Au braz senestre et au braz destre estuert
Un morselet ; ja mangera, son vuel.

Oez, seignor, come Alis se prova ! 5.47
En soi a dit la Tose : « Par saint Marc,
Savoir voudroie quiex est la droite part. »
Ce dist Alis, et del morsel gosta
Qu'en sa main destre tenoit ; s'esprovera
Se en manjant haute o basse sera.

Assez plus tost qu'uns ieuz uevre ne clot 5.48
Senti Alis un mout doloros coup
Soz son menton. Lors esgarda et sot
Qu'il ot hurté son pié, que tant amot !
Müee fu ainz qu'el en seüst mot.

Le pié Alis a ses mentons hurté. *5.49*
Grant peor a la Pucele au Vis Cler,
Mais tote voie set qu'el se doit haster.

Haster se doit, que tost va acorçant. *5.50*
L'autre morsel prist à goster errant.
Ses mentons serre son pié si durement
Qu'à mout grant peine puet desserrer ses denz.

Denz ot Alis plus blans que noif sor glace, *5.51*
Por desserrer iceus n'ot point de place.
Pas ne vos ment, que ce n'est mie fable.

Mais en la fin ovri la boche Alis *5.52*
Et une piece del morsel qu'ele tint
El poing senestre, si la pot transglotir.

*   *   *   *   *
*   *   *   *
*   *   *   *   *

Liee s'en fait Alis et si s'escrie : *5.53*
« À la parfin est mes chiés à delivre ! »
Mais peor a mout tost, s'est desconfite.

Grant peor ot la Pucele Esleüe : *5.54*
De ses espaules n'avoit plus la veüe.
Quant garde aval, si voit un col qui dure
Outre raison, et d'angoisse tressue,
Que fors cest col ne voit partie nule
De son gent cors. Par desus la verdure
Estoit dreciez come une tige dure.

Hauz ert li cous par desus la vert selve. 5.55
« Ceste matiere, quiex est », dist la Pucele,
« Qui plus est vert que en Normandie erbe ?
Et mes espaules, ò pueent eles estre ?
Ahi ! mes mains, qui tant estiiez netes,
Soés et blanches, plus loing estes que Grece ! »

« Mes lasses mains, pas ne vos puis veoir ; 5.56
Ne sai por coi. » Aalis les movoit
Que qu'el parloit, mais rien n'en avenoit.

Rien n'avenoit, ce pensoit Aalis, 5.57
Fors que les fueilles crolerent un petit,
Qui loing estoient el vert esmeraudin.

Alis ne set nïent come el porroit 5.58
Jusqu'à son chief traire amont ses vint doiz,
Que nel feïst por un mui de mansois.

Quant ice vit, son chief à traire toise 5.59
Jus vers ses mains si netes, lors s'envoise,
Que ele sent que ses blans cous ne poise ;
Quel part qu'el veut le torne, pas n'est roide :
Come serpenz s'estent et si se ploie.

Trop se fait liee la Pucele au Cler Vis. 5.60
Mout cointement avoit son col flechi ;
Plongier se vout enmi le foilleïz.

Lors conoist ele que les fueilles ne sont 5.61
Que li copel des arbres hauz et lons
Soz coi aloit, si com dit la chançon,
Quant del Conin esloigna la maison.

Sodement ot en l'air un siflement, *5.62*
Atant se trait ariere hastivement.
Lors voit Alis un colom gros et grant,
En son vis ot volé trop rustement,
De ses dos eles la fiert mout durement.
Li Colons crie à haute voiz : « Serpenz ! »
Corrociee fu la Pucele as Clers Denz,
Si respondi : « Serpenz ne sui nïent !
Fuiez de ci, Colons, alez vos en ! »

« 'Serpenz' redi ! » dist encor li Colons, *5.63*
Mais à cele ore nel dist à aigre ton,
Si reparla com s'il feïst sangloz.

Dist li Colons : « Je di encor 'Serpenz' ! » *5.64*
Mais cele foiz nel dist si aigrement.
Com s'il feïst aucun sanglotement
Redist ilors : « Et ariere et avant
M'esvertuai, onques ne sont content,
Si com moi semble ! » « Ne sai ne tant ne quant
De coi parlez », dist Alis, « rien n'entent. »

Li granz Colons n'entent à la Meschine, *5.65*
Si a redit à sa voiz trop plaintive :
« Muciez les ai en haies et en rives,
Muciez les ai es arbres as racines,
Mais rien n'agree à la gent serpentine ! »
Lors est Alis plus que devant baïve,
Mais ele pense que rien ne devra dire
(De ce n'avroit ne force ne aïe)
Devant que cil ait sa raison fenie.
« Quant je cove ués, ce est trop granz martires »,
Dist li Colons, « nel mescreez vos mie. »

« Grant martire a en icel covement », *5.66*
Dist li Colons, « et si me doi toz tens,
Et nuit et jor garder de ces serpenz !
Pas n'ai peü dormir ne tant ne quant
Ces trois semaines, c'est granz encombremenz ! »

Lors li a dit la Pucele Cortoise : *5.67*
« Enui avez eü, forment m'en poise. »
Sa grant mesaise prent la Tose à perçoivre.

« Et come j'oi en la forest eslit *5.68*
Le plus haut arbre », ce ra li Colons dit,
(Lors va perçant les oreilles Alis,
Que plus n'ert voiz sa voiz, ainz estoit criz)
« Et com j'aloie pensant qu'à la parfin
Ere delivres des tormenz serpentins,
Ez vos qu'aval voi je del ciel venir
Serpenz lor reins torteillanz et lor piz !
Ice ne puis sofrir. Fi ! Serpenz, fi ! »

« Serpenz ne sui », dist la Tose Esleüe, *5.69*
« Sel vos redi, que je sui – je sui une – »
« Qu'estes vos donc ? » dist cil qui vole es nües.
« Bien voi que vos volez controver trufes ! »

« Je sui – je sui une petite tose », *5.70*
Dit Aalis, mais auquetes se dote,
Qu'il li remembre des muances trestotes
Qui li avindrent puis que ele vit corre
Le Blanc Conin qui peor a de s'ombre.

« Avoi ! Nel dites », ce respont li Colons. *5.71*
À sa voiz mostre que mout est desdeignos.
« Mainte pucele ai veüe en mes jorz :

Onques ne vi en tose col si lonc !
Certes, tel col n'i a. Ce n'i a mon ! »

« Uns serpenz estes, ja mar le noierez. 5.72
Tantost, ce pens, me direz que n'avez
Gosté nul uef en trestot vostre aé ! »

« Certes, si fis », li a dit Aalis. 5.73
Seignor, voir est que onques ne menti
La Gente Tose, veritiex fu toz dis.
« Serpent et toses ont igal apetit
De mangier ués, ce sachiez tot de fi. »

« Pas nel puis croire », respondi li Colons, 5.74
Et si redist : « Mais se puceles font
Ce que vos dites, certes, serpent resont
O serpenteles, jel sai senz nul redot. »

Ce ne vint onques en pensé à Alis. 5.75
Atant se tot tant come trois perdriz
O dos eüst on cuites sor graïl.

Pose se tot la Pucele au Cler Front. 5.76
Droite ochaison ot lors li granz Colons
De dire encore : « Se Dieus santé me doint,
Vos querez ués, bien le sai à estros. »

« Se serpenz estes o tose, moi que chaut ? » 5.77
« Mie ne puis dire que moi ne chaut »,
Ce respondi Alis, ne tarda pas.

Et lors redist senz point de delaiier : 5.78
« Mais ués ne vois querant, bien le sachiez ;
Se ués voloie, mentir ne vos en quier,

Point ne seroient des voz, Colons iriez,
Que je ne puis ués cruz nïent mangier. »

Atant dist li Colons : « Alez vos en ! » *5.79*
Pas n'ert joianz, sel dist par mautalent
Que qu'il s'aloit en son ni rassëant.

Li granz Colons se tot quant parlé ot. *5.80*
Lors avala Alis au mieuz qu'el pot
Enmi le bois qui aerdoit son col
Parmi les branches, ò il fu forment tors.

Les rains avale la Pucele au Vis Cler. *5.81*
D'ores en autres se devoit arester
Por son blanc col des branches desmesler.
À chief de pose li prist à remembrer
Del champignuel, que el l'ot oblïé :
En ses mains tient encor de coi goster.

Lors prist Alis mout curïosement *5.82*
Les morselez à broster maintenant.
Une ore goste del destre à ses denz blans,
Et autre goste del senestre ensement :
Or apetice et or devient trop grant,
Mais tant fist ele et ariere et avant
Qu'el recovra sa hautece d'antan.

Mout ot lonc tens esté Alis hautisme *5.83*
O trop petite, et ce est por coi primes
Senti son estre estrange la Meschine.
Mais plus tost qu'on ne cuit uef de geline
L'acostuma, si com la geste afiche.
À parler prent atant en soi meïsme
Com faire sieut, nel mescreez vos mie.

« Or voi je bien que demie est fenie
Iceste chose : ne fu en vain emprise.
Trop me merveil et forment sui baïve
Des müemenz qui en mon cors avindrent ! »

« Nul tens ne puis savoir ce que je ier *5.84*
L'ore qui vient. Mais la hautor qu'oi ier
Ai recovrée, si me puis envoisier. »

Puis a redit la Pucele au Cler Vis : *5.85*
« Aprés ce doi entrer en ce jardin
Que n'a plus bel deci qu'au port de Tyr –
Coment en puis ja mais à chief venir ?
Mout m'en merveil, ne m'en puis astenir. »
Que qu'el parloit sifaitement, si vint
Sodainement en une place et vit
Une maison qui ert tot droit enmi.
Petite estoit, ne vos en quier mentir.

La maison ert basse, mentir n'en quier : *5.86*
De haut avoit ele entor quatre piez.
Lors pense Alis senz point de delaiier :
« Qui que là maigne, sim covient acorcier :
Se je nel faz, tuit seront esmaiié. »

« Esfreé ierent se menor ne me faz. *5.87*
Peor avront com soriz devant chat. »
El destre poing tint encore une part
Del champignuel, de rechief en manja.

Pas ne se vout Aalis aprochier, *5.88*
Si fist ainçois son cors apeticier :
Une moitié et demie d'un pié
A or de haut, si se puet avancier.

Chapitre VI

Ci orrez de porc et de poivre

Or est petite Alis, ce savez vos. *6.1*
En tant come on peüst paistre un ostor
Estut Alis regardant la maison.

Illuec remaint la Tose Debonaire. *6.2*
Mout se merveille del cas et de l'afaire.
Pense et repense, ne set qu'el doie faire.

Sodainement de la forest acort *6.3*
Uns escuiers ; si ot dras de color,
De la livree erent de son seignor.
(Por ses dras pense la Pucele au Cler Front
Que escuiers soit cil ; o se ce non,
S'el ne veïst que sa face, poisson
L'eüst Alis clamé senz nul redot.)
Forment bota à l'uis de la maison.
Fiert o ses jointes, et lors li ovri on.

Cil qui ovri portoit dras de color,
De la livree erent del suen seignor,
Escuiers rert, si ot le vis reont,
Et come raine ot gros les ieuz del front.

Gros ot les ieuz si come de grenoille. *6.4*
Lors se prent garde d'une chose la Tose :
Li escuier orent de blanche poudre
Andui lor crins coverz ; à la reonde
Recerceloient desor lor chiés à ondes.

Grant talent a de savoir que ce doit. *6.5*
Del bois issi un petit en recoi.
Oïr voloit tot ce que on diroit.

Or est partie Alis des oliviers. *6.6*
Primes sacha li Poissons Escuiers
De soz son braz un grant et large brief
(À poi ne fu aussi hauz come il iert) ;
À l'Escuier Grenoille le tendié,
Solemnelment le prist à araisnier.

Li Escuiers prist l'autre à aparler : *6.7*
« À la Duchoise. Si li est il mandé
Par la Reïne qu'au mail viegne joer. »
Et cil redist à ton mout solemnel
(Mais un poi a l'ordre des moz müé) :
« De la Reïne. Et si est il mandé
À la Duchoise qu'au mail viegne joer. »

Ce distrent il, et ambedui enclinent *6.8*
Parfondement lor chiés si que lor crines
Recercelees meslent, c'est verté fine.
Tant prist Alis de cest afaire à rire

Qu'ele redut corre enz en la gaudine :
Grant peor a que d'eus ne soit oïe.
Quant del bois ist la Nobile Meschine,
Celeement esgarde, et ne voit mie
De l'Escuier Poisson, s'est esbaïe.

Li Escuiers Poissons n'est mais veüz. *6.9*
L'autre est assis par terre pres de l'uis,
Son esgart fiche es cieus, qui tant est vuiz.
Pas n'est hardie Alis, si vient à l'uis.

Vait Aalis à l'uis, si hurte et fiert. *6.10*
Li Escuiers la prent à araisnier :
« Li hurteïz ne vos avra mestier.
Je vos dirai por coi senz delaiier. »

« Et la raison premiere est que je sui *6.11*
Aussi com vos de ceste part de l'uis.
Et la seconde, qu'il meinent noise et bruit
Dedenz : oïr ne vos i porroit nus. »

En la maison ot noise à desmesure, *6.12*
Ja mar le mescrerez : senz fin i ullent,
Et s'i a genz qui toz jorz esternüent.

Grant escrois oïssiez tel foiz i ot *6.13*
Com s'on brisast un platel o un pot
Et que n'en remasist vaillant un os.

Dit Aalis : « Coment puis j'entrer enz ? *6.14*
Dites, sos plaist. » À ses moz pas n'entent
Li Escuiers. « Puet cel estre avroit sens
Ce que botastes », ce a il dit avant,
« S'entre nos dos estoit li uis estant.
Or soit posé que vos fussiez laienz,
Lors peüssiez boter, et maintenant
Peüsse ovrir cest uis, ce vos crëant,
Si istriiez ça fors, se Dieus m'ament. »

Cil regardoit le ciel que qu'il parloit : *6.15*
Aalis pense qu'il ne fait que cortois.
« Mais, puet cel estre, il le fait sor son pois,
Qu'à poi ne sieent si ueil », dist ele en soi,
« Enson son chief. Tote voie porroit
Respondre à cele qui pas ne set son roi. »

« Entrer voudroie », redist ele autre foiz,
« Que puis je faire ? » dist ele à haute voiz.

Dist l'Escuiers : « Ci remandrai assis *6.16*
Tresqu'à demain – » À cele ore s'ovri
L'uis de l'ostel. S'en veïssiez salir
Une escüele mout grant. Enmi le vis
De l'Escuier vole. À poi ne feri
Son nés. Ele esmïa contre un des is
Qui derrier lui erent, n'en quier mentir.

Li Escuiers redist : « – O tresqu'al jor *6.17*
D'aprés. » Müé n'a mie le suen ton,
Com s'avenu ne fust rien environ.
Redemanda Alis à plus haut ton :
« Coment porrai j'entrer en la maison ? »
Dist l'Escuiers : « Mais devez vos del tot
Entrer laienz ? Iceste questïon
Devons nos primes faire, bien le savons. »
Sa response ert mout voire, senz redot,
Mais à Alis ne plot li suens sermons ;
La Noble Tose en ot ire et corroz,
Si dist en soi : « Trop par m'est enoios
Com tote rien fait demande et respons.
Bien tost n'i puet on plus garder raison ! »
L'Escuiers pense qu'il a droite ochaison
(Ce vos fust vis) por qu'à son plait retort.

Li Escuiers refait en autre guise *6.18*
Son plait. Si dit que trestote sa vie
Remandra là assis coi qu'ele die.

Dit Aalis : « Mais gié, que doi je faire ? » *6.19*
Li Escuiers respont : « Tot ce que plaire
Vos porra, bele », ce reconte la geste.
À sifler prist, ne fine ne ne cesse.

Dit Aalis : « Ci n'a mestier parole, *6.20*
Trop par est cil Escuiers idïotes ! »
El se despoire et mout se desconforte.
Lors uevre l'uis, si entre à la parclose.

Par l'uis entra en une grant cuisine ; *6.21*
Par tot avoit et fumee et chaline.
Enz el milieu ert la Duchoise assise
Sor un eschame qui faiz ert par maistrie :
Trois piez avoit, nel mescreez vos mie !
Ele berçoit une rien enfantive.

Cele qui dut atorner le mangier *6.22*
Desor le feu tenoit enclin son chief.
Un chauderon movoit qui n'ert legiers ;
Et bien sembloit rempliz d'un broet chier.

« En ce broet, certes, a poivre trop », *6.23*
Dist Aalis par li au mieuz qu'el pot :
L'esternüers, si li toloit ses moz.
Sachiez qu'en l'air i avoit poivre trop.
Nes la Moillier le Duc esternuot
D'ores en autres et l'enfes ne cessot :
Une ore ulloit, l'autre resternuot.

Dos crïatures i ot tant solement *6.24*
Qui ne jetoient nul esternüement
Iluec : celi qui au broet entent
Et une beste ; ce ert uns chaz mout granz
Qui se gisoit el foier sorïant,
Que d'une oreille en l'autre aloit mostrant
Trestoz ses denz, qu'ot aguz et luisanz.
Alis demande (nel fait hardïement,
Qu'ele ne sot se ele tot avant
Deüst parler, que ne fust avenant) :
« Par voz merciz, si n'aiez mautalent,
Li vostre chaz, por coi gist sorïant ?
Ice me dites, ne vos soit desplaisant. »

« Ce est uns Chaz », respondi la Duchoise, *6.25*
« De Cantorbire. Or en savez la voire.
Pors ! » La parole fu tant sodaine et roide
Qu'Alis sali ; mais bien tost aperçoivre
Puet la Pucele que la parole toise
À l'enfant, non à li : plus n'est destroite.

Plus n'a peor la Nobile Meschine 6.26
Et si redist : « Je ne savoie mie
Que si soriënt li Chat de Cantorbire
Et que jamais ne cessent ne ne finent ;
Pas ne savoie, se la voire en vueil dire,
Que chat avoient le pooir de sorire. »

« Ce pueent tuit », dist la Moillier le Duc, 6.27
« C'est la raison por coi le font li plus. »
Respont Alis : « Point n'en ai je veü. »

« Onques ne vi chat qui fust sorïanz », 6.28
Respont la Tose mout enseignieement.
Forment est liee qu'ele emprist parlement.

Dist la Duchoise : « Vos savez mout petit, 6.29
Ce est la voire, sachiez le tot de fi. »
Ce qu'ele ot dit ne plot à Aalis :
En son ton voit qu'il a trop grant peril.
D'autre matiere li convient plait tenir.

Que qu'el s'esforce, qu'une novele rien 6.30
Voudra trover dont la puist araisnier,
Le chauderon tira hors du brasier
Cele qui dut atorner le mangier.
Lors prist à faire senz point de delaiier
Son dur labor. Et ce estoit lancier
Ce qu'el pooit trover à l'enfant chier
Et à l'Oissor le Duc. Picois d'acier,
Peles à feu, tenailles et andiers,
Graïl et croc, tot ce jetoit premiers.

Vaisseaus de cuivre, plateaus et escüeles 6.31
Relançoit ele, ce reconte la geste,

En la cuisine à senestre et à destre.
Plus tost cheoient que pluie et gresle en terre.

La Feme au Duc ne s'est aperceüe *6.32*
D'icele gresle nes quant ele est ferue.
Et l'enfantez crie si haut et ulle
(Pieç'a muioit, en ses braiz n'ot mesure)
Qu'on ne puet dire s'il a dolor eüe
Des pesanz cous felons que on li rue.

Sus et jus saut la Tose Debonaire. *6.33*
« Voilliez entendre à ce que ici faites,
Par voz merciz ! » crie Alis, mout s'esmaie.

« Ez vos que ses chiers nés s'en est alez ! » *6.34*
Ce crie l'autre que que uns vaisseaus lez
À desmesure, et hauz, vole delez
Si qu'à petit que ne l'en porte en mer.

« Se chascuns entendoit à ses afaires », *6.35*
Dist la Duchoise, « sachiez qu'entor la terre
Se movroit lors li soleuz plus à aise,
Et si feroit plus tost son tor à destre. »
Ainsi parlant grondoit com roe beste.

Ice disoit la Duchoise qui gront. *6.36*
Atant parla la Pucele au Bel Front
Qui mout ert liee qu'ele eüst ochaison
De mostrer son savoir à ces tesmoinz
Et si li dist : « De ce n'avroit nus pro.
Pensez devez ce qu'avendroit del jor
Et de la nuit chascun di. Veez donc :
Vint et quatre ores covient por que son tor
Ait acompli li soleuz sor le mont. »

Dist Aalis : « Li soleuz n'est pas lenz : *6.37*
Aceint a il le monde en mout brief tens – »
« Or me remembre de cel qui a ceint brant »,
Dist la Moillier le Duc, « que on li trent
Sa blonde teste ! Si espandons son sanc ! »

« Son chief trenchiez ! » ce dist del Duc l'Oissor. *6.38*
Lors esgarda Alis, qui ot peor,
Cele qui ert delez le chauderon.
Savoir veut s'ele a nule entencïon
Qu'ele obeïsse. Mais ele ne respont,
Si met sa peine à bracier son boillon.

Le broet brace, pas ne sembloit oïr. *6.39*
Ce est raison por coi Alis redist :
« Vint et quatre ores covient, ce m'est avis ;
O sont ce doze ? J'– » Atant li respondi
La Feme au Duc : « Onques ne poi sofrir
Nombres et cifres, par le cors saint Martin !
Nem destorbez ! » Et en es l'ore prist
Ele à chanter come por endormir
Lor enfantez font norrices gentis.
Son tendre enfant ravoit ele ja pris
Entre sa brace à bercier senz respit ;
Forment l'escot quant aucuns vers prent fin :

> « *Sermone dur ton petit vasleton,* *6.40*
> *S'il esternue ait du baston :*
> *Ce ne fait il fors por toi agacier,*
> *Bien set que trop puet enoiier.* »

Au refrait chante li petiz enfantez *6.41*
Avuec celi qui brace le broet :
« *Hui ! Hui ! Hui !* » chantent tuit troi de bon cuer net.

Lors a repris l'Oissor le Duc son chant. *6.42*
Que qu'el chantoit escooit rustement
Et sus et jus les membres de l'enfant.
Li chaitiveaus braioit et ulloit tant,
À bien petit qu'Alis les moz n'entent.

« Je sermon dur mon petit vasleton, *6.43*
S'il esternue a du baston :
Quant il puet poivre aquerre et porchacier,
De ce mangier ne fait dangier. »

Aprés ce vers s'acorderent trestuit *6.44*
Au bel refrait redire « *Hui ! Hui ! Hui !* »
Mout plaisanz sont les voiz, mentir n'en puis.

À Aalis dist del Duc la Moillier : *6.45*
« Tenez ! Un poi le poez vos bercier
S'entalentee en estes ! » S'a lancié
L'enfant vers li, ne s'i vout atargier,
Que que ice disoit. « Movoir doi gié,
Que aprester m'estuet : car il covient
Qu'o la Reïne voise sempres maillier. »
Lors s'en cort fors. Cele qui à bracier
Entent leüns a jeté aprés lié
Une paele de cuivre espés et chier,
Come ele issoit, mais ne la pot tochier.
Alis saisi l'enfant qui fu lanciez ;
Grant peine i mist, qu'à prendre n'ert legiers :
Desfiguree ert la petite rien,
De totes parz jetoit et braz et piez.

Jambes et braz jetoit l'enfes par tot. *6.46*
Pensa Alis : « Il resemble poisson
Qui a semblant d'estoile, ce fait mon. »

Par tot se fierent li membre de l'enfant ; *6.47*
Come baleine sofle quant el le prent ;
Senz cesser ploie son cors et se restent
La lasse chose, de rire n'a talent.
Ce est la some, que el comencement
Ne pot rien faire Alis fors solement
Tenir la chose. Seignor, pas ne vos ment !
Ainsi remaint la Tose auques lonc tens.

Si tost qu'ele ot trové coment bercier *6.48*
Pooit l'enfant (et por ce le covient
En un torsel noer, senz rien laschier,
Sa destre oreille et son senestre pié
Tenir que ne desnot), pas nel perdié ;
Fors le porta por l'air pur et legier.

Soef ieut l'airs qui tot entor s'estent. *6.49*
« Se je n'en port avuec moi cest enfant »,
Ce dist Alis, « si l'ociront par tens
Einz que .iii. jor soient passé, ce pens ;
Mordrisseresse ne seroie aussiment
Se jel laissoie ariere o itieus genz ? »

À haute voiz dist les daerrains moz *6.50*
Et la chaitive chosete au petit cors
Groigna atant, que plus n'esternuot.
Bien le sachiez, bele response i ot !
« Ne groigne pas », dist Aalis ilors.

« Ne groigne mie, ice te vueil defendre », *6.51*
Ce dist la Tose qui tant fu noble et gente,
« Quant tu ce faiz, pas ne te faiz entendre
Avenanment, bien le doiz tu aprendre. »
Mais de rechief groigne li petiz enfes,
Et ele garde enmi sa face tendre.

Aalis garde enmi le tendre vis. *6.52*
Mout angoissose estoit ; savoir vousist
Dont ce venoit que il groignoit ainsi.

Senz nul redot avoit un nés torné *6.53*
À desmesure en haut : ne semble nés
Qui soit verais, ainz semble groin, par Dé !

Si ueil devienent à merveilles petit : *6.54*
Pas ne sont ueil d'enfant ; à Aalis
Ne plaist la chose vaillant un angevin,
Ce est la some. « Ne fist fors sanglotir,
Espoir », pensa la Pucele Gentil.

Ce pense Alis, nel tenez à gabois. *6.55*
Lors esgarda en ses ieuz autre foiz,
Savoir voloit se lairmes i verroit.
Lairmes n'i voit ne manoir ne cheoir.

Lairmes n'i ot à senestre n'à destre. *6.56*
Atant li dist la Nobile Pucele,
Qui pas ne rist : « Plus n'avrai je à faire
O toi s'en porc de müer ne te cesses.
Amis, escoute, entent à cest afaire ! »

La lasse chose sangloti autre foiz *6.57*
(O el groigna, espoir ; ce qu'el faisoit,
Il n'i ot nul qui dire le pooit)
Et une pose remestrent andui coi.

Ainsi remestrent, qu'on nes oï parler. *6.58*
En soi meïsme prist Alis à penser :
« Que ferai je de ceste rien mortel
Quant el sera o moi en nostre ostel ? »

De rechief a groignié la crïature 6.59
Si rustement qu'Alis fu esperdue ;
Si la regarde en sa face menue.

Alis regarde la rien jus en la face. 6.60
À cele foiz le sot ele senz faille,
Uns pors estoit, senz nule devinaille.
Aalis sent qu'ele feroit folage
S'el le portoit plus loing, ne seroit sage,
Sel met à terre, que pas ne s'i atarde.
Quant la chosete voit qui el bois ramage
S'en va trotant coiement soz les arbres,
Icele rien la saine et rassoage.

Alis ne tarde, la chosete met jus, *6.61*
Voit la qui cort dedenz le bois ramu.
La Tose dist en soi : « S'il fust creüz,
Enfes hisdos et laiz fust devenuz ;
Mais beaus porceaus est il auques, ce cuit. »

À penser prent Alis d'autres enfanz *6.62*
Dont acointe ert : porceaus mout avenanz
Seroient il. Oez qu'ele a en pens !
Si dist en soi : « Se l'on savoit coment
Iceus müer et changier proprement – »,
En esfroi est un poi entree atant :
De Cantorbire voit el le Chat sëant
Sor une branche dis o vint piez avant.

Quant Alis vit, cil ne fist fors sorire. *6.63*
Atant pensa la Nobile Meschine
Que debonaires sembloit, c'est verté fine.
Mais tote voie ot il ongles grandismes
Et denz à tas ; el sent qu'onor parfite
Li doit porter. « Chatons de Cantorbire »,
Comence Alis, qui pas ne fu hardie :
Se il amoit cest nom, nel savoit mie ;
Mais tote voie ne fist il fors sorire
Plus leement un poi. En soi meïsme
Pensa Alis : « Alons, mout est paisibles,
Et jusque ci ne lieve les sorcilles. »
Lors dist avant la Pucele enhardie :
« Par voz merciz, de ci vueil je partir :
Quel part doi je eslire ? Or le me dites. »

Ce li a dit li Chaz : « Mes respons gist *6.64*
Granment el lieu ò volez avenir. »
« Poi me chaut ò je vois – », dist Aalis.

Ce dit li Chaz : « Donc nos est mout petit
De vostre voie. » « Mais qu'en un lieu arif »,
Redist Alis, qui se deraisne ainsi.

« C'est chose certe, cele part parvendrez », 6.65
Ce dist li Chaz, « ne vos estuet qu'aler
Une grant piece, et si le troverez. »

Bien sent Alis que ce ne puet noiier ; 6.66
Une autre rien essaie, au Chat enquiert :
« Dites moi donc, sire, si ne vos griet,
Quiex genz conversent, crestiien o paien
O renoiié, en cest païs plenier. »
Li Chaz respont, ne se veut atargier,
Sa destre poe fist ilors tornoiier.

Sa destre poe leva en haut li Chaz, *6.67*
Oez, seignor, ce que respondu a :
« Uns Chapeliers maint et vit *cele* part,
Et *ceste* part vit uns Lievres de Marz. »
Et l'autre poe au vent de l'air lança.

Ce dist li Chaz, qui siet el bois ramé : *6.68*
« Cel qu'eslirez poez vos visiter,
Ambedui sont et fol et estapé. »
« Mais pas ne vueil o foles genz aler »,
Ce dist Alis. Lors respondi li ber :
« Bele, de ce ne vos poez garder :
En ceste terre somes tuit forsené,
Et gié et vos. » « Et coment le savez ? »
Dist Aalis. « Faites pais, si m'oez »,
Respont li Chaz, « pas ne vos iert celé. »

En soriant dist : « Celé ne vos iert : *6.69*
Forsenee estes, bien le sai senz cuidier,
Se nel fussiez, ici ne venissiez. »

Aalis pense que il n'a rien prové, *6.70*
Mais tote voie redist : « Coment savez
Vos que vos estes ensement forsenez ? »
Respont li Chaz : « Primes me consentez
Iceste chose : chien ne sont forsené. »
Dist Aalis : « Ce puet estre verté. »

Li Chaz redist : « Quant uns chiens est iriez, *6.71*
Ne fait fors grondre, ce ne poez noiier,
Et il remuet sa coe quant est liez.
Mais quant liez sui, qui pas ne sui uns chiens,
Ne faz fors grondre, et quant je sui iriez,
Je bat la terre de ma coe derrier :
Forsenez sui, on me devroit liier. »

« Quant je sui liez, je ne faz fors grondir, 6.72
« Forsenez sui, si covient qu'on me lit. »
Lors le chastie doucement Aalis :
« Rencoler nom gié ce, non pas grondir. »

« Com vos volez le poez vos nomer », 6.73
Ce dist li Chaz. « Alez vos ui joer
O la Reïne au mail ? » « Par saint André »,
Respont Alis, « encor ne m'a mandé
Nule ne nus que j'alasse joer
O li au mail, et s'iroie de gré. »
Ce dist li Chaz : « En cel lieu me verrez. »

Lors s'esvani. La Meschine Esleüe 6.74
Ne s'en merveille granment : ele acostume
En cel païs estranges aventures.
Que qu'ele garde parmi la rameüre,
Sodeement le voit de sa veüe.

Ce li a dit li Chaz : « Or m'en remembre, 6.75
À bien petit que n'obliai, li enfes,
Qu'est devenuz ? » Si respondi la Franche :
« Porceaus devint, ce sachiez senz dotance. »

Mout coiement respondi Aalis *6.76*
Com s'el pensast li Chaz fust revertiz
Senz sorcerie. « Toz jorz me fu avis »,
Ce dist li Chaz, « qu'il müeroit ainsi. »
Et de rechief esface et esvanist.
Lors atendi Aalis un petit.

Un poi atent Alis, ne s'en part pas. *6.77*
Auques espoire qu'ele le reverra,
Mais en vain fu, que il ne se mostra.
Tant com dos o trois Ave Marïa
Eüst on dit remest Aalis là,
Puis se remist à la voie vïaz.
La Noble Tose s'adreça cele part
Ò oï ot que li Lievre ert de Marz.

Ç'ot ele oï, mais ele n'en sot plus. *6.78*
« Mainz chapeliers ai je devant veüz »,
Dist ele en soi entre ses denz menuz.

« À grant foison ai veüz chapeliers : *6.79*
Mout mieuz fera li Lievre à acointier
Et, puet cel estre, ne l'estovra liier
Com fol devant les prones au mostier. »

« Or est ce mais, li noveaus tens d'esté, *6.80*
Au meins n'iert pas li Lievres si desvez
Come en marz ert, tant ert lors forsenez. »
Quant ce ot dit, s'a en haut esgardé.

Amont regarde Alis, et de novel *6.81*
Voit el le Chat sëant sor un ramel.
Lors dist li Chaz : « Avez vos dit 'porceaus'
O s'avez dit 'forceaus' ? » « J'ai dit 'porceaus'. »

Ainsi respont la Pucele Avenant. 6.82
« Et mout voudroie que n'alissiez toz tens
Esfaçant et parant si sodement. »

« Li esvertins nos prent enmi le chief 6.83
Quant ainsi faites, de verté le sachiez ! »
« Vostre raison », dist li Chaz, « entent bien. »
À cele foiz, mentir ne vos en quier,
Est esvaniz lentement, que premiers
Ne fu veüz de la coe li chiés.

Primes esface li chiés de la grant coe 6.84
Et en la fin ne remest fors la boche ;
En soriant mostroit ses denz en l'ombre.
Auques demore, et puis n'en voit on gote.

La Tose pense ilors : « Se Dieus me gart, 6.85
Por voir ai je sovent veü un chat
Qui ne sorit ; mais sorire senz chat ! »

« Je ne vi onc en trestot mon aé 6.86
Chose qui soit plus estrange, par Dé ! »
Pas n'ot Alis longement cheminé,
Si a veü del fol Lievre l'ostel.

Ele pensa que c'ert il à droiture : 6.87
Les cheminees ont d'oreilles figure,
Sor le toit a granz peaus contre la pluie.

Granz peaus le cuevrent contre la noif del ciel. 6.88
La maison ert si grant que aprochier
Ne vout Alis ainz qu'ele eüst mangié
Del champignuel un morsel qu'el rompié.
Atant broste ele senz point de l'atargier

De cel morsel si que entor dos piez
Creüe soit ; lors puet bien esploitier.

Cel morsel ot la Pucele gardé *6.89*
El poing senestre, s'en a un poi brosté.
Atant est grant ; tote voie a erré
À quelque crieme devers icel ostel.

Que qu'el chemine, si dit en soi meïsme : *6.90*
« Quel la ferai s'en verité ne fine
De foloiier ? Se Dieus me beneïe,
À bien petit ne sui entalentive
De visiter Cel qui Set la Maistrie
De toz Chapeaus. Trop par fui esbaïe
Quant je eslui la Beste Leporine ! »
Ainsi se plaint la Nobile Meschine.

À doter prist la Tose Naturel : *6.91*
« En lieu del Lievre deüsse visiter
Le Chapelier, si ne sai que penser.
Estre se puet, li Lievre iert trop desvez.
Sage ne fui, mais or m'estuet aler ! »

Chapitre VII

Ici orrez d'une sote marende

Oez que vit la Nobile Meschine : 7.1
Desoz un arbre ot une table mise,
S'estoit devant la maison leporine.
De Marz li Lievres i ot chaiere prise ;
Li Chapeliers, il li fist compagnie.
Entre eus seoit une beste endormie ;
Ce ert uns Loirs et li autre dui firent
De lui coissin ; sor lui lor cotes tindrent.
Desor sa teste ont il lor raisons dites
Que qu'il manjoient tostees et rostïes
Et si bevoient eve chaude bolie.

Ainsi parolent ensemble li ami, 7.2
Del Loir s'aïent come s'il ert coissins.
« Li Loirs est trop mesaaisiez, de fi »,
Ce dist en soi la Pucele au Cler Vis,
« Mais tote voie, puis qu'il est endormiz
Ne l'en chaut gaire, ce pens je et devin. »

Grant fu la table. Neporcant, amassé 7.3
Erent tuit troi en un coing. Escrïé
Ont quant Alis, la Pucele au Vis Cler,
Voient qui vient, c'est fine verité :
« Place n'i a ! » « Mais place i a assez ! »
Respont Alis iriee com senglers.
Si s'est assise en un faudestuel lé.

Alis se sist à un des chiés del dois. 7.4
« Del vin bevez », li a dit li Marçois,
Si l'entiça à mout amable voiz.
Ce respondi Aalis : « Vin ne voi. »
Rien n'ot fors eve erbee sor le dois,
Et d'esgarder ot el pris bon conroi.
« Et vin n'i a », ce a dit li Marçois.
« Quant vos l'ofristes, ne fustes tres cortois »,
Ce dist Alis à mout iriee voiz.
« Et tres cortoise ne fustes, par ma foi :
Vos vos seïstes et nus ne vos prïoit
Del seoir », ce li a dit li Marçois.
« Pas ne savoie ce fust li vostre dois »,
Dist Aalis, « qu'assez plus que por trois
Fu ceste table mise, par saint Eloi ! »

« Por plus de vint fu ceste table mise, 7.5
Par saint Hubert ! » dist la Pucele Eslite.
Une piece ot à mout grant baerie
Li Chapeliers esgardé la Meschine.
Pose s'estoit teüz, lors parla primes :
« Vos deüssiez taillier la vostre crine. »
Quant Aalis l'oï, ne s'en rist mie.

Quant el l'oï, Alis ne s'esjoï : 7.6
« Vos devrïez aprendre à bien tenir
Voz pensez muz et cois por eus covrir :
Vos estes trop vilains. » Et quant ç'oï
Li Chapeliers, ilors ses ieuz ovri
Toz granz et lez ; mais nule rien ne dist
Fors ce : « Por qu'est uns cors come uns letrins ? »

« Alons, des or nos porrons nos esbatre ! » 7.7
Pensa Alis. « Pris ont à devinailles
Dire, ce voi, et onques n'en fui lasse. »
Puis dist encore, pas ne fu sa voiz basse :
« Icele soudre puis je, ce cuit, senz faille. »

« Entendez vos que pooir la cuidiez 7.8
Espondre ? » dist li Lievres. « Esclairier
La puis à droit compas tot senz cuidier »,
Ce dist Alis. « Dire nos devriiez
Ce que vos entendez, si ne vos griet »,
Redist le Lievres. « Et je si faz, mout bien »,
Ce respondi Alis, pas n'a targié.

Aalis ne tarda, si respondi : 7.9
« Au meins – au meins entent ce que je di –
Meïsme chose est ce, ce m'est avis,
Si le savez. » S'a li Chapeliers dit :
« Nenil, par foi, ce n'est en nule fin
Meïsme chose, par mes chapeaus faitiz ! »

Li Chapeliers redist : « O ce se non, 7.10
Pucele, aussi bien dire porroit on
'Je voi ce que je manju' vaut si com
'Je manju ce que voi' ! » « Lors porroit on »,
Redist li Lievres, « dire qu'autel tenor
A en 'Je aim ce que je aquier' com
En 'Je aquier ce que j'aim' ! » Li Lirons
Redist (et qu'il parlast en dormison
Vos fust avis) : « Aussi bien porroit on
Dire que 'Je alein en dormison'
Vaut com 'Je dor quant j'alein' senz redot ! »

« Por vos est ce une meïsme chose », 7.11
Ce dist li Chapeliers, et la parole
Remest atant. Si sist o boche close
La gent tant com vos peüssiez une oe
Eschauder et plumer, que tuit se torent.

Pose se taisent trestuit, et Alis pense. *7.12*
El regarda qu'ele ot en remembrance
De letrins et de cors, mais poi ot en ce.
Li Chapeliers a rote la silence,
Premiers parla, ne cuidiez que je mente.
« Quieus jorz del mois est ce ? » Ice demande
Soi tornant vers Alis, « Que vos en semble ? »

Li Chapeliers ot trait de s'aumosniere *7.13*
Son astrelabe. En pitose maniere
Le regardoit. Pas n'ot la chiere liee.
Cent foiz l'escost et pres de sa paupiere
Et de s'oreille le mist. En sa chaiere
Se movoit com s'il eüst males fievres.

« Quiex jorz est ce ? Dites le, je vos pri. » *7.14*
La Franche Tose, si pensa un petit :
« El quart jor somes », ice li respondi.
Li Chapeliers a jeté un sospir :
« Dos jor i faillent ! » et au Lievre a redit :
« Bien vos notai qu'es roes de l'engin
Ne covenist ne burre ne saïm. »
Si le regarde en fronçant le sorcil.

Li Chapeliers, il fronce les sorcilles, *7.15*
Et li Marçois envers lui s'umelie :
« Cist burres ert une craisse d'eslite. »
Li Chapeliers respont et si grondille :
« Certes, c'ert il, mais crosteles petites
O cele craisse ensemble s'ierent prises
En l'astrolabe quant de burre l'oinsistes.
Or m'entendez : le coutel à rostïes
Ne deüssiez prendre, ce fu folie. »

« Que fous feïstes », çe a il dit au Lievre. 7.16
Cil a pris l'astrolabe ; o morne chiere
L'a regardé, sel plonge en l'eve tieve
Enz en sa cope qui mout fu riche et chiere ;
Regardé l'a autre foiz par derriere
Et par devant, mais por tote Baviere
Ne trovast mieuz que sa raison premiere :
« Ce sachiez, c'ert des burres toz li mieudre. »

La Franche Tose ot par desor s'espaule 7.17
Regardé, sel trueve auques merveillable.
« Haï ! », fait ele, « come estrange astrelabe !
Le jor puet dire del mois senz nule faille,
Et si estuet que de l'ore se tace ! »
Li Chapeliers, si murmure en sa barbe :
« L'ore por coi diroit ? Vostre astrolabe
Vos dit il quiex anz est de nostre ëage ? »
« Certes, non fait, c'est chose bien estable ! »
Ce dist mout tost la Pucele Onorable.

« Certes, non voir », respont en es le pas 7.18
La Franche Tose, « por ce que à estal
Se tient li anz lonc tens, ne se movra. »
Li Chapeliers dit lors (et puis se taist) :
« Avuec le mien avient icist droiz cas. »

Li Chapeliers parla et puis se tot. 7.19
Alis senti qu'ele s'esbaï trop.
Mout mal senez sembloit estre li moz
Que li Faisiere de Chapeaus dit lor ot,
Et neporcant, françois ert, non escoz.
« Votre pensé, ce cuit, tenez trop clos »,
Cortoisement l'ot dit, au mieuz qu'el pot.
Li Chapeliers respont : « Li Loirs redort. »

De la chaude eve erbee prent ilors,
Desor le nés del Loir en verse un poi.
Li Loirs crola le chief, sofrir nel pot,
Atant parla, et ses ieuz ne desclost :
« Certes, si fait ; j'avoie ferm propos
Que tot ice deïsse en mon repos. »

Li Chapeliers redit cui qu'il enuit : *7.20*
« Le devinail avez vos ja solu ? »
« Nenil », ce dist Alis, « ce n'enquier plus.
Vos en savez la response, ce cuit. »
Li Chapeliers li a lors respondu :
« Se Dieus me saut, onques ne la conui. »
« Ne je, par foi », ce dist li Oreilluz.

Alis sospire, que trop par est el lasse : *7.21*
« Au mien cuidier, choses qui mout mieuz valent
Peüssiez faire o le tens, ne vos chaille,
Que ce gaster en disant devinailles
Qui n'ont response ; n'estes mie raisnable. »

« Se le Tens conoissiiez con je faz, *7.22*
Ne diriiez nïent que je ce gast,
Mais que je gast lui. » Li Chapeliers a
Dit ce. « Ce que vos entendez ne sai »,
Dist Aalis. « Non voir ! » Son chief jeta
Li Chapeliers arier quant il parla ;
Plus la despist que ne feïst un sac.

« Neïs parler, ce ne feïstes onques *7.23*
Au Tens, si com je croi. » La Franche Tose
Mout durement se gaite ainz qu'el responde.

Ainz qu'el responde, Alis porpense soi. 7.24
« Espoir, nel fis. Mais bien sai que je doi
Le tens partir à mesure et à droit
Quant de musique aprent. » « Ja ne porroit
Sofrir qu'il fust depeciez, par ma foi :
Por ce n'estuet enquerre que ce doit
Que ne parlastes o lui nesune foiz ! »

Ce dist li Maistres : « Se il eüst concorde 7.25
Entre vos dos, sol por ce o l'orloge
Feïst il lors pres que trestote chose
Qui vos atalentast. Se aucuns pose
Que tierce fust : comencier à escole
Deüssiez vos leçons, ce n'est frivole ;
Enz en l'oreille del Tens une parole
Ne vos faudroit que dire, et l'oreloge
Ne targe pas, les granz galos galope !
Ore setme et demie, or as compostes ! »

(« Ore fust il, mon vuel, de mangier tens », 7.26
Ce dist li Lievres por soi entre ses denz.)
« Riches afaires seroit certainement »,
Dist Aalis, s'est en grant pensement,
« Mais, ce savez – faim n'eüsse por tant. »
Li Chapeliers dist : « El comencement
N'eüssiez faim, espoir, se Dieus m'ament ;
S'atendissiez, et à votre talent
Ore setme et demie aussi lonc tens
Com vos pleüst tenissiez vos sonant. »

Alis demande : « Vos, ainsi esploitiez ? » 7.27
Sa morne teste crola li Chapeliers,
Si respondi : « Je non ! Bien le sachiez :
Novelement en marz avons tencié –

Ainz que folie li montast en son chief – »
(Le Lievre mostre à s'evose cuillier.)

(Le Marçois mostre à sa cuillier evine.) 7.28
« – Ce fu au tens que des Cuers la Reïne
Vout le deduit oïr de melodie :
De genz i ot une masse grandisme
Et je i dui chanter en armonie
'Soricete, je t'envoi
Enmi l'aire, garde toi !' »

« Vos conoissiez, puet estre, la chançon. » *7.29*
Dist Aalis : « À ce ne respont 'non'. »
Li Chapeliers li dist : « Ce savez vos,
Com vos orrez, nos la continuons :
'Chaucinete vole o toi,
Mes douz chaz o le vair poil.
Douz chaz, douz chaz –' »
Atant s'escost li Someillos Lirons
Et à chanter comence en dormison
« *Douz chaz, douz chaz, chaz douz, chaz chaz douz douz* – »
Et quant ce fist, lors n'ot rive ne fonz :
Pincier le durent si qu'il laissast le son.

Or faut la voiz por le dur pinceïz, *7.30*
Se nel feïssent, li chanz ne preïst fin.
« Oez trestuit s'il vos vient à plaisir :
À peine oi je le premier vers feni »,
Dist li Chapeliers, « quant à hautains criz
Braist la Reïne 'Le tens gaster veut il !
Si soit ocis et del chief orfenins !' »
« Ci a crüel outrage ! » escrie Alis.

Crie Aalis : « C'est outrages trop granz ! » *7.31*
Li Chapeliers a repris mornement :
« Puis ce ne fera rien que je demant !
Ore de vespres est il oan toz tens. »
Alis entra en un pensé vaillant
Et demanda : « De cest vaisselement
À eve erbee que ci veons gisant,
Est ce la cause por coi il en a tant ? »
Li Chapeliers respont en sospirant :
« Oïl, par foi : de l'erbé est toz tens
Ore, si que ja mais n'avons nul tens
Por les vaisseaus laver entre ces tens. »

« Donc menez vos toz jorz tresche novele 7.32
Entor la table, ce cuit ? » dist la Pucele.
« Si faisons, voir », dist des Chapeaus li Maistre,
« Quant nos nos somes aidié de la vaissele. »
Lors dist Alis, qui mout ose dut estre :
« Mais quant li torz ne vos est plus à faire ? »

« Le fueil torner », dist li Lievres de Marz, 7.33
« Porrïons nos. » Les paroles coupa
En baaillant. « Trop m'alas de cest plait.
La damoisele, mon loement ne taz,
D'aucune estoire conterresse sera. »

Dist Aalis : « Au mien cuidier, chanter 7.34
Ne sai de geste ne nul conte conter. »
Icil conseuz la fist auques trembler :
Mieuz vousist estre en sa vile, Vancé,
Lez le Tusson, le douz ruissel soef.
« Li Loirs savra ! » ont andui escrïé.
« Esveille toi, Lirons ! » N'ont pas tardé,
Si l'ont pincié par andos les costez.
Les ieuz ovri li ber, ne s'est hastez.
« Je ne dormoie », dist il toz enroez
À foible voiz. « Compagnon alosé,
De vostre plait ai trestot entervé. »
Li Oreillarz, si l'en a apelé :
« Or nos doiz tu une estoire conter ! »
« Oïl, sos plaist ! » si l'a Alis pressé.

De conter l'a Aalis enticié. 7.35
« Mout tost le fai », redist li Chapeliers,
« O se ce non, certes, endormiz riers
Ainz que del conte soies venuz à chief. »
Atant comence li Loirs, si s'est coitiez.

« Jadis i ot trois serors, nïent plus, *7.36*
Macha, Olga et Irina ; seü
Sont lor droit nom. Enz el parfont d'un puiz
Vivoient eles – » Dist Alis (adés fu
Mout talentive d'enquerre, se ce fust
De rien que l'on manjast ne qu'on beüst) :
« De coi se porent ? » S'a li Loirs respondu
Quant pensé ot tant qu'uns bués cuit eüst :
« De recolice se porent, c'ert lor us ;
Trïacles est por trois, s'onc la conui. »

Mout doucement, ne li fu mie dure, *7.37*
Dist Aalis : « Les serors nel peüssent,
Ce savez vos, qu'eles malades fussent. »
« Voire espuisiees », dist cil, « à desmesure. »

Lors s'esvertue Alis, esforce soi, *7.38*
Mais ne pooit tel vie ne tel loi
Nïent penser, trop grant merveille avoit.
Pense et repense, si ne savoit son roi.
Donc reprist ele : « Mais dites moi por coi
El fonz d'un puiz vivoient totes trois. »

« Por coi vivoient eles el fonz d'un puiz ? » *7.39*
Ce dist Alis, qui mout baïve fu.
« D'erbé bevrage deüssiez prendre plus »,
Trestot à certes li dist li Oreilluz.
« Plus n'en puis prendre puis que nïent n'en bui »,
Dist Aalis ; s'ot à ton irascu
Parlé la Tose. Lors li a respondu
Li Chapeliers : « Vos avez entendu
À dire *meins*, por ce que prendre plus
Que nïent est mout legier, par saint Just ! »
Dist Aalis : « Vostre avis n'enquist nus. »

« Les suens pensez, oan qui nes nos çoile ? » *7.40*
Ce demanda li Maistre, qui s'envoise.
Ne set Alis qu'à ce respondre doie :
Chaude eve atot rostïes prent à boivre ;
Vers le Liron se torne, à rementoivre
Prent sa demande, que nonsavoirs li poise :
« Enz el parfont d'un puiz, por coi vivoient ? »

Aalis a demandé de rechief : *7.41*
« El fonz d'un puiz, por coi orent lor sié ? »
Li Loirs repense tant que vos eüssiez
De totes armes armé un chevalier :
« De licorice ert li puiz, ce sachiez. »
« Estre ne puet teus puiz ! » ç'a comencié
La Noble Tose, mout ot le cuer irié,
Mais li Marçois avuec le Chapelier
Escrie « Or pais ! » et li Loirs respondié,
Qui laide chiere li fist : « S'à enseignier
Estes encore, assez vos venist mieuz
Par vos meïsme traire l'estoire à chief. »

Mout umblement respondi la Pucele : *7.42*
« Ice ne puis. Traiiez avant la geste,
Par voz merciz ! Des or me savrai taire.
De recolice i a un puiz, puet estre. »
« Un, voire ! » dist li Loirs, qui dut iraistre.
Mais neporcant, à son conte repaire :
À ce s'assent. « Bien est seü – portraire
Enseignoit on à ces trois meschinetes – »
Alis oblie la promesse qu'a faite
Del tot en tot, si demande : « Por traire
Coi ? » « Recolice », li Loirs ne s'i areste,
Plus tost respont que ne vole arondele.

Isnele fu del Liron la response, 7.43
Plus tost vola qu'espreviers ne aronde.
Li Chapeliers a la parole rote
Au Loir : « Je vueil un hanap net et monde,
El prochain siege movons à la reonde. »
Lors a estal müé si com il groce ;
Si l'a seü la Beste Someillose :
Remut li Lievres ò sis ot Cil qui Ronge,
Et Aalis, qui poi en fu joiose,
Sist ò li Lievre ot sis. Mout par est bone
Au Chapelier l'uevre de cil qui tornent ;
À toz les autres fist li changes encombre ;
Alis en fu assez plus enoiose
Que n'ot esté, car li Lievre ot fait fondre
Novelement le pot qui le lait ombre
En s'escüele : ez vos qu'ele soronde !

Crole li Lievres le pot mout sotement, 7.44
En s'escüele est li laiz sorondanz.
Del Loir ofendre de rechief n'ot talent
Alis, si dist en son comencement
(Et en parlant se gaita durement) :
« Mais une chose i a que je n'entent :
Icel trïacle, de coi le traioit l'en ? »

« D'un puiz evin poez vos eve traire », 7.45
Dist li Chapeliers, « donc peüssiez traire,
Ce cuit, trïacle, d'un puiz trïaculaire –
Que vos en semble, meschine senz cervele ? »
« Mais *el* puis erent », à la Someillant Beste
A dit Alis, qui aime mieuz soi taire
Que au daerrain mot response faire.

« Si erent eles, que dire n'en puis el », *7.46*
Respont li Loirs. Et la lasse remest
De ce qu'il respondi baïve assez :
Au Loir laissa auques avant conter
Et endementre se tint de mot soner.

Li someillos Lirons a dit avant *7.47*
En baaillant et en ses ieuz terdant,
Que de dormir ot il trop grant talent :
« Por portraire à escole les mist l'en,
Et portraioient choses soi diversanz
Mout durement – totes riens començanz
Par P – » Ez vos Aalis demandant :
« Et por coi donc par P tot solement ? »
« Et por coi non ? » dist li Lievre aigrement.
Coie se tint la Pucele Avenant.
Clos ot ses ieuz li Lirons à itant,
Et pris li a someil, que rien n'en sent ;
Mais quant li Chapeliers le va pinçant,
Il se resveille encore, à piper prent.

Li Loirs s'esveille et son plait continue : *7.48*
« – Par P comencent, si com pieges à nües,
Et les planetes, et pens, et plentitude –
Vos savez bien que l'on dit par costume
'Rose et flor de rosier, plante sont une' –
Veïstes vos onques en portraiture
Semblance nule qui fust de plentitude ? »

« Puis que à moi demandez », dit Alis, *7.49*
Qui mout s'esmaie, « ne puis penser, de fi – »
Li Chapeliers ne la vout plus oïr,
Maintenant dist : « Donc devrïez taisir. »
La Gentil Tose ne pot nïent sofrir

Sa vilenie, atant vout el vomir ;
Hors de la table sali, si s'en parti.
En es le pas s'est li Loirs endormiz.
Garde nes donent li autre en nule fin
Que d'eus partoit, ja soit ce qu'Aalis
Se regardast .iii. foiiees o cinc :
Auques avoit espoir que li ami
La rapelassent, adonc ne s'en partist ;
À icele ore qu'au daerrain les vit,
Il s'esforçoient por que li Loirs petiz
Fust embatuz dedenz le pot evin.

Li dui ami mout granz esforz faisoient. 7.50
Ce dist Alis : « Qui que grocier en doie,
Ne rirai là ! » Si com el tint sa voie,
El se gardoit forment enmi l'arbroie.
« En mon aé ne vi, ce est la voire,
Si sot convive ò l'on doie eve boivre
Qui chaude soit, senz vin et senz cervoise ! »

Com ce disoit, ele n'atendi pas : 7.51
En l'un des arbres note que un uis a
Qui dedenz lui s'adone. Atant pensa :
« Mout estrange est ice. Mais ui n'i a
Rien qui estrange ne soit, par saint Bernart !
Vis m'est que je pëusse en es le pas
Entrer laienz. » Et el, si i entra.

Enz est entree la Pucele Entendable. 7.52
Et autre foiz se trueve enmi la sale
Qui tant est longe, et pres fu de la table
Petite et qui de voirre est, non de charme.

« Or del mieuz faire », dit ele entre ses denz. 7.53
La clef orine prent el premierement
Qui est petite ; ele plus n'i atent,
Et l'uis desferme qui meine en l'ort par tens.

Or a Alis l'uis del jardin overt. 7.54
En s'aumosniere prent la Tose un morsel
Del champignuel, ne covient que l'i laist :
S'en a tasté et ce li fu mout bel.

Li champigniex ne fu pas damajos : 7.55
Entor un pié ot Alis de hautor,
Lors avala le petit aleor –

Ez vos qu'el est el jardin delitos
Enmi les clers buissons de totes flors
Et les fontaines ò tant a de freschor.

Chapitre VIII

Ci orrez del planistre la Reïne ò l'on jooit au mail

Or est Alis en l'ort, ne li est grief. 8.1
Pres de l'entree de l'ort ot un rosier
Mout grant ; coverz estoit il toz entiers
De roses blanches ; mais s'ot trois jardiniers
Qui i ovroient senz point de respitier :
Il les peignoient de vermeil por changier
La lor color, mentir ne vos en quier.

Ainsi voloient müer le blanc des roses. 8.2
Ce tint Alis à mout estrange chose ;
Vers eus s'aproche, mie ne s'en repose,
Que regarder les veut : el n'est pas sote.

Quant Aalis jusqu'à iceus parvint, 8.3
Ce que disoient pot clerement oïr :

« Gaitier te doiz », dist l'uns, « o chaitis Cins !
Par desor moi laisse à faire salir
Vermeillon com tu faiz ! » Respondi Cins,
Par mautalent le dist : « Et se jel fis,
Je n'en poi mais, que mon cote feri
Sez. » Lors garda Sez en haut et si dist :
« Droit as tu, Cins ! Et les nuiz et les dis
Doiz tu blasmer autrui. » Lors a dit Cins :
« Entent à moi ! Mieuz te venist taisir !
Ier ai oïe la Reïne, si dist
Que bien tost doit aucuns ton chief tolir,
Et si redist que tu l'as deservi ! »

Bien le sachiez, franc chevalier nobile, *8.4*
Trenchier soloit cous et chiés la Reïne.
« Por coi ? » dist cil qui ot parlé de primes.
« À toi n'en monte nïent, c'est verté fine,
Dui », respont Sez, que trop par es tu nices. »
« C'est ses afaires, et si li voudrai dire – »,
Dist Cins, « – Sez aporta en la cuisine
Non mie oignons, mais rëondes racines
De la flor Narcissus, n'en dote mie. »
Cil damoiseaus ert de sa beauté ivres :
En la fontaine perdi la soe vie ;
Sa grant beauté vos vousisse descrire
Mais nel peüsse por l'onor de Pavie,
Tant par fu grant, à poi n'enrage vive !

Son pincel branle Sez et sel rue jus, *8.5*
« Parmi tot ce qu'à tort me met on sus – » ;
Avisonques comence, quant cheüz
Par aventure (mentir ne vos en puis)
Est ses ieuz sor Alis qui pres s'estut.

Alis à eus esgarder si entent *8.6*
Et cil refreine sa langue sodement :
Lors se regardent li dui autre ensement,
Et tuit la vont mout parfont enclinant.
Pas ne parla Alis hardïement :
« Por coi alez vos ces roses peignant ?
S'il ne vos grieve lem dites, franche gent. »
Cins et danz Sez, il ne distrent nïent ;
Dos regarderent. Icil en començant
À Aalis parla, bassetement.

Araisniee a Dui Alis à bas ton : *8.7*
« Ma Damoisele, ce veez, l'ochaison
Vos mosterrai : n'est mie senz raison.
Chis rosiers chi deüst avoir color
Vermeille es flors, mais par grant mesprison
Un blanc plantames ; et mout tost devrïons
Avoir trenchiees les testes senz pardon
Se la Reïne perchoit que fait avons.
Adonc veez, au mieuz que nos poons
Esploitons nos, par le cors saint Simon,
Ainchois que la Reïne viegne por – »
Ez vos qu'il oent dan Cinc, qui a peor :
S'ot esgardé outre les clers buissons
Soef olanz et toz coverz de flors.

Oez, seignor, que li peoros Cins *8.8*
Ot esgardé parmi le bel jardin :
Dos foiz escrie « La Reïne ! » ; ele vint.

Cins escrïa « La Reïne ! » et à denz *8.9*
Se gietent lors li jardinier dolent.
Tuit plat se gisent. Lors aloit on oant
Le son des pas d'une rote mout grant.
Regarde soi Alis, que grant talent
A de veoir la Reïne aprochant.

Primes venoient dis vaillant soudoiier ; *8.10*
Gibez portoient qui erent entaillié
D'erbe à trois fueilles en fer et en acier.
Li soudoiier tuit dis erent taillié
Autresi com nostre troi jardinier,
Beslonc et plat, s'avoient mains et piez
As quatre corz. Or vueil que ce sachiez :
De char n'estoient il pas, mentir n'en quier :

Roide foillet, et petit et legier,
Furent lor cors, fait d'un parchemin chier.
Ja joeront dames et chevalier
O ces foillez come nos as tabliers ;
Icel jeu que je di, trové l'ai gié ;
Beaus jeus sera por soi esbanoiier !
Puis vindrent cil qui suelent cortoiier ;
De dïamanz furent tuit losengié,
Mais icil dis n'erent pas losengié !
Dui et dui vindrent come li soudoiier.

Li dis enfant roial vindrent aprés. *8.11*
Li iretier furent jolif et bel ;
Cinc paire furent, faisant sauz de chevreaus.
Toz aornez de cuers orent manteaus.

Acesmé furent de cuers, c'est verté fine. *8.12*
Lors veïssiez les ostes quis sivirent,
Tuit li plusor erent Roi et Reïnes.

Parmi les ostes reconut Aalis *8.13*
Nostre Krolik, ce est li Blans Conins.
De sa boche issent paroles par estrif,
Li cuers li va acoardant el piz ;
Il sorïoit de tot ce qui fu dit ;
Devant Alis passa, mais ne la vit.
Aprés venoit uns vaslez mout gentil :
C'ert li Vaslez des Cuers, senz contredit ;
La corone le Roi sor un coissin
Portoit, de porpre et de velos sanguin.
En la processïon ot grant traïn.
LI ROIS DES CUERS O LA REÏNE vint
Aprés toz ceus : nul n'ot qui les sivist.

Ainsi venoient la Reïne et li Rois *8.14*
Aprés les autres, à mout riche conroi.
Auquetes dote Alis se ne devroit
Jesir à denz aussi come li troi
Jardinier font, mais ele ne puet loi
Remembrer nule qui ce comanderoit.
Si dist en soi : « Et de coi serviroit
Processïon que veoir ne porroit
Nesune gent puis que tote girroit
À denz tandis come ele passeroit ? »
Si pensa ele, et coie se tenoit
Ò ele estut en piez, si atendoit.

En pais se tint la Tose, s'atendi. *8.15*
Quant la grant rote vient devant Aalis
Enmi son vis, tuit s'arestent por li
Bien esgarder. La Reïne ne rist,
Si dist : « Qui est cele que je voi ci ? »
À l'Escuier des Cuers a ice dit,
Mais li Vaslez mot ne li respondi :
Il l'enclina parfont et si sorist.

Li Vaslez s'est teüz de respons rendre. *8.16*
Et la Reïne, qui ne puet mie atendre,
Dit : « Bric ! » La teste escot ; si redemande
À Aalis, vers cui s'est tornee : « Enfes,
Vostre nom vueil savoir senz demorance. »

« Dame, sachiez, Vostre Roial Merci, *8.17*
Qu'Alis ai nom. » Mout l'a dit Aalis
Cortoisement ; mais el redist en li :
« Fors un tas de foillez, rien ne sont il ;
Ce est la fin. Por eus ne doi fremir. »
« Et qui sont cil que je revoi ici ? »
Dist la Reïne, ne s'en vout astenir.

Ice demande, et les trois jardiniers 8.18
Au doi mostra, qui entor les rosiers
Tuit plat gisoient. C'estuet que vos sachiez :
Por ce qu'il furent à denz et que seignié
Orent les dos autresi com merchié
Erent tuit cil del tas (n'erent changié),
Savoir ne pot s'il erent jardinier
O soudoiier o cil qui cortoiier
Suelent adés o de ses iretiers
Troi : nel seüst por l'or de Monpellier.

Dit Aalis : « Je, coment le savroie ? » *8.19*
Merveille soi que tant puist estre roide,
Si dit avant : « Ceste cause n'est moie. »
Et la Reïne de mautalent rojoie
Com s'el eüst mangié un mui de poivre ;
Alis esgarde come beste de proie
Une grant piece, ses ieuz de li ne soivre.
À crïer prent atant : « Or çà, qu'on soivre
Son chief del bu ! Or çà, que l'on dessoivre – »

Respont Alis, pas n'est desconseilliee, *8.20*
« Mal senee estes ! » Nel dist mie à voiz fieble.
Tot la Reïne por la parole fiere
Qu'Alis ot dite, qui pas n'a cuer de lievre.

Lez la Reïne estoit l'Espos Roiaus. *8.21*
Oez, seignor, coment il se prova :
Vïaz assist sa main desor son braz,
« Ma douce amie », dist il, « prenez esgart :
Petite tose est el, se Dieus me gart ! »
Umblement ot parlé, à ton mout bas.

Corrociee est la Reïne enoiose, *8.22*
S'a pris le braz del Roi, si le destorne ;
À l'Escuier a dit : « Or les trestorne ! »
Et il, si fist, que mout soef les bote
O un suen pié, autrement ne les toche.
Dist la Reïne : « Levez ! » À pleine gole
Braist et crïa : de crïer n'iert saole.

Tot maintenant saillent li jardinier *8.23*
En piez tuit troi, et si ont comencié
À encliner le Roi et sa Moillier,
Et as enfanz roiaus clinent le chief,
Et vers les autres se resont abaissié.

Dist la Reïne à cri : « Cel clineïz *8.24*
Devez laissier chaut pas ! Que l'esvertins
Me prent enmi le chief. » Atant verti
Vers le rosier, en es l'ore redist :
« Et que feïstes à l'arbre que voi ci ? »
« Se il vos plaist, Vostre Roial Merchi »,
Respondi Dui, mout umblement le dist,
Que qu'il parloit, à terre un genoil mist,
« Et cure et peine metiens à recovrir – »
« Ice voi gié ! » dist la Reïne, qui
Les roses ot esgardees tandis.

Bien vit les flors la Reïne au Vis Fier, *8.25*
Si escrïa : « Trenchié soient lor chief ! »
Troi soudoiier remestrent lors ariers,
Que qu'el sa voie tenoit, por justicier
Les trois maleürez, les jardiniers.

Li jardinier comencent à fremir, *8.26*
Vers Alis corent por lor vïes garir.
« Ja ne perdrez le chief ! » ce dist Alis.
Uns mout granz poz ert pres, si les i mist
(En cel pot soloit on planter raïz).
Li soudoiier ont le plaisant jardin
Avironé, mais ce fu mout petit ;
Ses vont querant, ne les porent choisir.

Les jardiniers ont quis, nes ont veüz, *8.27*
Tot en ordre s'en vont senz faire bruit
Aprés les autres. « Sont li chief de lor bus
Dessevré ? » crie la Reïne. « Perduz
Ont lor chiés », crïent li soudoiier corsu,
Vostre Roial Merci ! » « Tot est solu ! »
Brait la Reïne atant. « Avos en us

Joer au jeu de mail ? » N'ont respondu
Li soudoiier et si remestrent mu,
Vers Alis gardent : bien ont aperceü
Qu'el araisna Alis, n'en dota nus.

À Alis ert faite la questïon. *8.28*
« Oïl ! » crïa Alis. « Or venez donc ! »
Brait la Reïne (ne parole à bas ton),
Et Alis entre en la processïon.

Or est Alis avuec ceus del conroi ; *8.29*
Mout se merveille qu'aprés ce avendroit.
Lez li oï une feblete voiz :
« Un – un mout bel tens fait ! » ce baubïoit.
C'ert li Conins, qui pres de li estoit,
Mout ainsos ert, en son vis esgardoit.
« Mout bel », respont Alis, « or vueil savoir
En quel lieu est la Duchoise por voir. »
Dist li Conins : « Pais ! Pais ! » si alenoit,
Grant peor ot et à bas ton parloit.

Li Conins ert ainsos, si esgarda *8.30*
Derrier son dos, ilores se dreça
Sor ses orteuz, qui n'erent mie cras.
Contre l'oreille Alis ses denz mis a,
Atant parole mout bas, que peor a.

Si dist en bas li Conins : « À ocire *8.31*
L'a on jugiee. » « Por coi ? » dist la Meschine.
« 'Com il me poise !' Est ce ce quos deïstes ? »
« Non fis », ce dist Alis, « je ne pens mie
Qu'à nul en doie peser, c'est verté fine.
'Por coi ?' ai dit, mais vos ne m'entendistes.

Quant il l'oï, li Conins respondi : *8.32*
« Les oreilles roiaus, si les feri – »
Plus ne parla : Alis jeta un ris.
« O, pais ! » a dit à bas ton li Conins
Qui s'esmaia, toz fu acoardiz,
« Car la Reïne orra quos avez ris !
Savoir devez que auquetes tart vint,
Et quant ce vit, la Reïne, si dist – »

« Or corez tuit en vostre estal ! » crïa *8.33*
L'Oissor le Roi si fort qu'on n'oïst pas
Toner el ciel, et la gent comença
Par tot à corre et amont et aval.
L'uns chiet sovins, l'autres la teste en bas,
Li uns crïoit « Mon pié ! », l'autres « Mon braz ! »,
Mais assez tost pristrent il tuit estal,
Si furent prest et li jeus comença.

Le jeu comencent, ne s'atargierent mie. *8.34*
Alis pensa qu'en trestote sa vie
N'avoit veü si estrange planistre
Por jeu de mail, nel mescreez vos mie !
Crestes et roies i trueve on à devise ;
Et les pelotes estoient bestes vives,
Heriçon erent, et li maillet vif cisne.

Ploiier lor cors durent li soudoiier *8.35*
Et tenir soi sor lor mains et lor piez
Por que arcel voutiz fussent drecié.
À Aalis est il avis premiers
Que plus li poise qu'ele doit maniier
Le suen oisel que rien qui soit soz ciel.

Une rien ot ò el ne failloit pas : 8.36
Que gentiment le metoit soz son braz
Si que si pié pendoient contreval ;
Mais quant li cous del cisne ert à compas
Tenduz, si qu'el de son chief l'espinart
Ferir deüst, ce ot el fait endar,
Qu'il soloit tordre son cors et son regart
Fichoit el vis Alis ; si com Renarz
Cheüz el puiz ert baïs, si que pas
Ne se pooit tenir Alis que haut
Ne jetast ris ; et quant par aucun art
Ot avalé son chief, si rejoast,
Contrarïos se faisoit l'espinarz
Outre raison, qu'overz parmi le jart
S'en fuioit à chatons atot ses darz.

Toz tens fuioit l'espinarz à chatons. 8.37
Et une chose i ot il par enson :
Ò que la Tose vousist le heriçon
Faire aler, lors en la voie sieut on
Aucune creste trover o un roion ;
Et por ce que li soudoiier toz jorz
Levoient sus por partir s'en aillors
Par le planistre, que trop ert enoios
Li lor ploiiers, Aalis par raison
Juja mout tost que senz nesun redot
N'ert pas li jeus legiers à joeor.
Cil qui jooient n'atendoient lor tor,
Ainçois mailloient à un fais, et tençon
Ne remanoit nul tens por heriçons
Prendre et tolir : là veïssiez estors
Mout durs et fiers doner par le sablon !
Plus tost qu'en l'air ne s'essorast faucons
Prist la Reïne grant ire et granz corroz :
Demarchant va l'erbe vert et les flors.

Les flors demarche à ses piez la Reïne,  *8.38*
Si muit et brait (à poi n'enrage vive) : 3501
« Del chief soit orfenins » o « orfenine ! »
Plus sovent crie que ele ne respire.

Muit la Reïne, ele ne fait fors braire. *8.39*
Lors primes sent Alis qu'el n'est à aise 3505
Ne tant ne quant. La Tose pense : « Certes,
O la Reïne ne vi encore naistre
Descort n'estrif, mais bien sai que grant guerre
Me puet movoir plus tost qu'une cenele

Fust en buisson coillie, et mes afaires
Que devient lors ? Ici n'a rien qui plaise
Plus à la gent que des bus sevrer testes. »

« Iceste gent aiment trop chiés tolir. 8.40
C'est grant merveille que nus est remés vis ! »
Ele esgardoit come el peüst foïr,
Qu'ele eschapast que nus ne la veïst,
Quant el nota une rien qui nasqui
En l'air, estrange ert mout, ce li fu vis :
Baïve est primes, mie ne s'esbaudist,
Mais quant el l'a regardee un petit,
Lors aperçoit que la chose sorit.

Bien voit Alis la rien ses denz rechigne ; 8.41
Lors dist en soi la Franche Tose Eslite :
« Bien voi que c'est li Chaz de Cantorbire :
Or avrai je aucun, si porrai rire. »
Parler porra o lui : pas n'en sospire.

« Or vueil savoir coment vos vos portez », 8.42
Ce dist li Chaz quant de boche ot assez
Si qu'il peüst o sa langue parler.

Alis atent que li ueil se veïssent ; 8.43
Quant el les voit, sa blonde teste encline,
Puis l'a dreciee. « Pas ne vaut une alie
Qu'à lui parlasse tant come il n'a oïe
O au meins une oreille. » À soi meïsme
Disoit tot ce la Nobile Meschine.
N'atendi tant qu'on eüst une és frite,
Estes vos qu'el voit la teste enterine ;
Lors a mis jus la Pucele son cisne,
Si comença tot le jeu à descrire ;
Ele est mout liee qu'aucuns l'avra oïe.

Il vos fust vis que li Chaz en pensé 8.44
Eüst que vos trop eüssiez assez
Veü de lui ; lors est ainsi remés.

« Il m'est avis qu'il joent contre droit », 8.45
Comence Alis (auques plaintive estoit
La soe voiz), « et à si grant desroi
Tencent et noisent que oïr nes porroit
Nesuns parler – et especïaus lois
Ne tienent nules : au meins enfraignent foi
Et riules brisent s'establïes sont lois –
Com je m'esmai ! Ce ne poez savoir :
Tote rien vit, n'en sai prendre conroi. »

« Tant en sui torble, savoir ne le poez. 8.46
Or prenons cel arcel soz coi passer
Doi, prochains iert : à l'autre chief del pré
Va çà et là – je deüsse boter
Le heriçon roial : quant ariver
Vit ma pelote, de foïr s'est hastez ! »

« Il s'en foï quant mon heriçon vit ! » 8.47
« Avez vos chiere la Reïne ? » ç'a dit
À basse voiz li Chaz. Si respondi
Alis : « Nenil, par ma foi, car por li – »
L'Oissor le Roi nota el derrier li
Qui oreilloit mout pres, s'a avant dit :
« – Est or li jeus si droitement partiz,
Sa peine pert qui le jeu veut fenir. »
L'Oissor le Roi s'en passe et si sorit.
Pres d'Alis vint li Rois, si li a dit :
« À cui parlez vos donc ? » Il s'esbaïst,
Au chief del Chat esgarder entendi.
« De Cantorbire est ç'uns Chaz, uns amis

Miens », dist Alis, « Sire, voilliez sofrir
Que presentez vos soit. » Li Rois li dist :
« De son semblant ne me puis esjoïr. »

« Le suen semblant ne voi pas volentiers, *8.48*
Mais totes voies puet il ma main baisier
S'il vuet. » Li Chaz respont : « Ice n'ai chier. »
Atant a dit li Rois : « Or ne soiiez
Estouz ne fiers, et encor vos requier
Ne m'esgardez ainsi, si ne vos griet ! »
Que qu'il parloit, nostre Roial Moitiez
Mist devant li Alis senz delaiier.
« Un arcevesque puet esgarder uns chiens »,
Ce dist Alis, « et por itant puet bien
Regarder rois uns chaz. Icele rien
En aucun livre ai leüe l'autr'ier,
Mais ò ce fu, mie ne m'en sovient. »
Li Rois comande li chaz soit esloigniez,
Come lïons se fait hardiz et fiers ;
S'a araisniee sa Nobile Moillier
(Par aventure venoit par le sentier) :
« Amie chiere, je vueil que vos faciez
Cest chat orrible à voz genz esloignier ! »

« Dechaciez moi cest chat, ma douce amie ! » *8.49*
Les forz afaires, mout petiz o grandismes,
D'une maniere les trenchoit la Reïne,
Dos n'en savoit. « Il doit à grant martire
Perdre le chief ! » dist ele. En nule guise
Ne regarda le Chat ne la Meschine.

« Querre irai par mon cors le hacheor », *8.50*
Dist li Rois non enviz, mais à baudor ;
Plus tost s'en cort que ne vole faucons.

La Noble Tose n'a cure de sejor,
Ainz pense qu'el se puet metre el retor ;
Savoir voudra que font li joeor :
Ele ot la voiz la Reïne auques loing ;
Cele crïoit, bien mostroit son corroz.

La Reïne ot Alis qui loing crïot. *8.51*
Oïe l'ot el ja jugier à mort
Trois joeors por ce que il à tort
Se reposerent, que il n'en sorent mot
Quant joer durent. La Meschine n'amot
Icel afaire vaillant un escharbot :
Tant fu torblez li jeus savoir ne pot
S'el dut joer o non ; ce ne li plot.
Son heriçon à querre prist el lors.

À querre prent Alis son espinart. *8.52*
Quant el le trueve, o un autre combat !
Ce semble Alis uns cas especïaus,
Que ambedos entrehurter fera.
Mais nel pot faire, qu'à l'autre chief del jart
Vit Aalis son cisne qui en haut
Voloit voler, mais trop ert lorz et cras :
Enmi les branches ne pot il prendre estal.

L'oiseaus ne puet voler enson la cime. *8.53*
Quant Aalis ot saisi le suen cisne
Et raporté, la bataille ert fenie :
Veoir ne pot les bestes portespines.
« Mais poi m'en chaut », dist en soi la Meschine,
Car li arcel ò je sui el planistre
Ne sont remés, que d'eus ne voit on mie. »
Quant ce ot dit assist Alis son cisne
Desoz son braz si com la geste afiche.

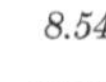

Le cisne a mis Aalis soz son braz : 8.54
Ne voloit pas qu'autre foiz eschapast.
Ariere vint à son ami le Chat,
Encore un poi avuec lui parlera.

Au Chat a fait la Pucele retor ; 8.55
Si se merveille, qu'el li voit tot entor
Un grant tropel estant ; s'ot grant tençon
Entre le Roi et le decoleor
Et la Reïne, si com dit la chançon.

Li decolere, la Reïne et li Rois *8.56*
Parloient tuit ensemble à grant desroi ;
Li autre estoient à grant mesaise coi.
Quant Alis fu aparue, tuit troi
L'ont enortee (nel feïst sor son pois)
Qu'ele trenchast l'afaire, et autre foiz
Distrent lor argumenz, mais ne pooit
Ne oïr ne entendre ce ne coi,
Que tuit jetoient à un fais criz et voiz.

Or oez l'argument del hacheor : *8.57*
Teste de cors dessevrer ne pot on
S'on n'avoit cors por la dessevraison ;
Ne le covint itel chose faire onc,
Donc nel prendroit à faire en la saison
Qu'il vivoit lors, par toz les sainz del mont !

Or oez l'argument de l'Esposé : *8.58*
Ce qui ot teste pooit estre estesté,
Foles paroles devoit on refrener.

Or oez l'argument de la Reïne : *8.59*
Se el jardin nule rien ne feïssent,
Plus tost que n'est trenchiez uns rains d'ortie,
Tot environ feroit chascun ocire.
(La fin de sa raison, quant l'ont oïe,
Si fist la gent trembler, n'est esbaudie.)
Mout est baïve Alis, ne set que dire,
Fors solement : « Li Chaz de Cantorbire
Est la Duchoise ; ne li tolez la vie
Senz li enquerre que ele veut eslire. »

Ce demanda la Tose en sa raison. *8.60*
Dist la Reïne au suen decoleor :
« Çà l'amenez, que ele est en prison. »
Et cil s'en cort plus tost qu'alerïons.

Li decolere, si obeïst endar : *8.61*
Autresi tost com de la gent s'en part,
À esvanir se prent li chiés del Chat
Et si n'en ert veüe nule part
Quant o l'Oissor le Duc revint el jart.
Lors corut il et amont et aval
Avuec le Roi plus iriez que lieparz.

Plus que lieparz eschaufé et irié *8.62*
Quierent le chief et devant et derriers,
Et tuit li autre revont au jeu ariers.

Chapitre IX

Ci orrez l'estoire de la Fausse Tortue

Li autre jeuent, mais li Rois se despoire. *9.1*
Lors ot Alis une voiz qui li poise : 3686
« Or vos revoi ! » dist la rude Duchoise.
« Com je sui liee ! Nel peüssiez perçoivre,
Amie chiere, qui vos donast Pontoise ! »

Dist la Duchoise : « Ce m'a esté mout tart *9.2*
Que je vos voie encor, se Dieus me gart ! » 3691
Bien doucement mist ele le suen braz
Desoz le braz Alis, o li s'en part.

Mout liee fu Alis quant acointable *9.3*
La trueve tant, et pense en son corage 3695
Espoir, por sol le poivre fu sauvage
En la cuisine, ò mout ot mal estage.

Ice creoit la Nobile Meschine. 9.4
Lors pense et dit Alis en soi meïsme :
« Quant Duchoise ier » (mais ele n'est pas nice,
Poi esperoit la rien fust averie)
« N'avrai je point de poivre en ma cuisine
Ne tant ne quant, neïs por cameline.
Broez senz poivre ne fait mie à despire – »
Puis dist avant : « C'est poivres qui en ire,
Totes les genz, espoir, enflambe à tire »,
Forment s'esjot, que ele a establie
Novele loi, « et les genz enaigrissent
Quant aisil usent – et jus de camemile
Les rent ameres – et – et – et çucre en tige
Et miel et bresches et choses d'itel guise
Font les petiz enfanz douz et paisibles. »

« Bresches et çucre doivent enfant sucier. 9.5
Ice, mon vuel, seüssent trestuit bien :
De douces choses ne feïssent dangier,
Bien le sachiez – » Certes, ne li sovient
De la Duchoise à cele ore de rien.

Oblïee ot Alis, ce est la voire, 9.6
L'Oissor le Duc, qui pas ne fu cortoise.
Quant lez s'oreille ot la voiz la Duchoise,
La Noble Tose fremist, un poi s'esfroie.
« Ma douce amie, or vos voi je cheoite
En aucun pens qui vos fait mue et coie. »

Dist la Duchoise : « Vos pensez, douce amie. 9.7
En icest point ne vos puis mie dire
Com nos devons moralité eslire,
Mais en obli nel metrai, par saint Gile :
Plus tost que n'est beüz uns poz de sidre

Remembrerai la chose à ma devise. »
« Moralité n'i a », dist la Meschine,
« Estre se puet. » Mout par i fu hardie
Quant ç'osa dire, nel mescreez vos mie.

« Puet cel estre, il n'i a moralité », *9.8*
Ce dist Alis, qui assez ot pensé.
Dist la Duchoise : « Trout ! enfes, mal parlez !
En tote chose a il moralité,

Mais que aucuns la sache bien trover. »
Que qu'el parloit se serra ele assez
Vers Aalis, si fu contre son lez.
À Alis plot mout poi, que primes ert
Trop laie assez icele à regarder.

Une autre chose i ot : le suen menton *9.9*
Mist sor l'espaule Aalis ; sa hautor
Li valut mout forment à cel besoing ;
Aalis suefre grant peine et grant dolor :
Trop agüe ert la pointe del menton.

La pointe est dure, Aalis s'en despoire. *9.10*
Mais tote voie veut ele estre cortoise,
Por ce suefre ele le menton la Duchoise
Au mieuz qu'el puet, mais mie ne s'envoise.

Le menton suefre Alis, mout li fu grief. *9.11*
« À iceste ore jeuent auquetes mieuz »,
Dist Aalis, qui taire ne se quiert,
Car ne voloit li parlemenz fust briés.

« Certes », a dit cele qui fu Oissor *9.12*
Le Duc, « et la moralité poons
Trover : 'O c'est l'amor, l'amor, l'amor
Qui fait movoir le soleil en reont !' »

« Dire ai oï aucun », respont la Tose *9.13*
(O basse voiz le dist), « se tuit et totes
En lor afaires aloient, senz nul torble
Se movroit li soleuz à soef corse ! »

« Un mout bel tor feroit », dist la Meschine. *9.14*
Et la Duchoise respont : « Qui que en rie,

Ma douce amie, ce que gié et vos dimes
Une meïsme chose senefie. »

Son mentonet agu a el boté *9.15*
Dedenz l'espaule Alis, s'a ajosté
Ces autres moz, ce sachiez senz doter :
« En cele chose a il moralité. »

« En ce trovons moralité mout grant : *9.16*
'Del senefiié estuet que on penst,
De soi pensera li senefïanz.' »
« En tote chose li plaist trop durement
Moralité trover, par saint Jehan ! »
Ce dist en soi la Pucele au Cors Gent.
Un poi remaint la Duchoise taisant,
Puis respondi à la Tose au Col Blanc.

Dist la Duchoise : « Par mes dos petiz piez, *9.17*
Ce m'est avis que vos vos merveilliez
Por coi entor vostre gent cors deugié
Qui tant est tendre n'ai le mien braz lacié.
Por coi nel fis, or vueil que le sachiez. »

« Une chose a dont je sui mout dotable : *9.18*
De vostre cisne ne conois le corage ;
Dites moi donc, si ferez vos que sage,
Mort vostre cisne ? N'est il pas trop sauvages ?
Esproverai je le suen vasselage ? »
« Mordre porroit. » Aalis bien se garde
Quant el respont, que mie ne li tarde
Que la Duchoise s'essait à son barnage.
Dist la Duchoise : « C'est voirs provez : mostarde
Et cisne, andui de mordre ont toz tens haste.
Moralité i a, n'est mie fable. »

« Moralité i a, cui qu'il soit let : 9.19
'Chascuns oiseaus tient son mors à mout bel'. »
Dist Aalis : « Mostarde n'est oiseaus. »

Ç'ot dit Alis, qui pas ne se pot taire. 9.20
Dist la Duchoise : « Meschine debonaire,
Voir avez dit, ainsi com toz jorz faites :
Bien savez vos esposer les afaires ! »
« Mineral chose est el », dit la Pucele,
« Au mien cuidier. » « Oïl, c'est chose aperte »,
Dit la Duchoise, qui bien semble estre preste
Qu'à Aalis ne soit de rien contraire.

« De mostarde a ci pres une grant mine. 9.21
Moralité i a, si la doi dire :
'Com je plus ai de mostarde en ma mine,
Et meins as tu de t'ostarde en ta tine.' »
« Or sai je bien ! » escrïa la Meschine
(Pas n'ot la fin de sa raison oïe)
« Vegetableté est ele enterine.
Ne la resemble nïent plus qu'une guivre,
Mais leüns est, se Dieus me beneïe. »

« Por voir est el leüns, se Dieus me voie. » 9.22
« À vos m'acort del tot », dist la Duchoise,
« Moralité i a, ce est la voire :
'Si soies ce qu'estre sembler voudroies'
O, se vos mieuz amez voie plus droite :
'Jamais ne cuide tu en ton cors ne soies
Autrement que autrui peüst paroistre
Que ce que estre peüsses o estoies
N'ert autrement vaillissant une poire
Que ce que tu fus (ce devez bien croire)
Eüst paru (ce fait à ramentoivre)

Autre à autrui.' Ne vos en quier deçoivre. »
« Ce que vos dites, ce cuit, mieuz entendroie »,
Dist Aalis, qui mout se fist cortoise,
« S'en parchemin tot escrit le lisoie ;
Com vos le dites, pas ne le puis reçoivre
Cinc sor cinc, mie ne vos vueil je deçoivre. »
« Ce ne se prent à ce que je porroie
Dire et mostrer, se talent en avoie »,
Ce respondi la trop laie Duchoise.
À sa voiz pert que durement s'envoise.

Respont Alis : « Sos plaist, ne vos penez *9.23*
De faire plait plus lonc que fait n'avez. »
Dist la Duchoise : « De peine ne parlez !
Tot ce qu'ainz dis, ice vos vueil doner. »

Pensa Alis : « Pas n'i a riche don ! *9.24*
Mout liee sui que por fester le jor
De ma nativité ne me done on
Iteus presenz ! » Mais pas n'ose à haut ton
Son avis dire. Si demanda l'Oissor
Le Duc : « Encor pensez ? » et son menton
A reboté, cui qu'en poist ne cui non,
En Aalis, qui en ot grant dolor :
La pointe agüe i feri trop parfont.

« Penser puis, droit i ai », dit aigrement *9.25*
Alis, un poi à esmaiier se prent.
Dist la Duchoise : « Li porc ont ensement
Droit quant il volent ; et la mo— » mais atant
Ez vos la voiz la Duchoise esteignant
Neïs quant ele aloit ce mot disant,
« Moralité », c'est li moz li plus genz
Qu'ele conoisse, s'en est mout merveillanz

La Franche Tose au gent cors avenant.
Li braz laciez el suen à trembler prent.

Tremble li braz el braz de la Meschine. *9.26*
En haut esgarde Alis, voit la Reïne
Qui devant eles esta. Sor sa poitrine
Croise ses braz et fronce les sorcilles,
Si semble foudre et tempeste grandisme.

De la Reïne sont li sorcil tonoire. *9.27*
« Vostre Roial Merci », dist la Duchoise,
« Bel ciel avons. » Sel dist à voiz mout foible
Et basse, ele ert angoissose et destroite.

« Amonester vos vueil », brait la Reïne. *9.28*
Que qu'el parole, d'ambedos ses botines
Marche la terre. « Le mieuz devez eslire !
Vos partirez de ci o s'iert partie
Del cors la teste plus tost qu'on d'ueil ne cline ! »
La Duchoise a choisi tot à s'eslite,
Plus tost s'en part qu'on ne trenchast ortie.
« Joons avant », ce a dit la Reïne
À Aalis ; parole ne puet dire
La Noble Tose, s'est de peor sorprise,
Ariers la suit lentement el planistre.
Les autres ostes truevent qui se delitent
El bel ombrage, soz les arbres se gisent ;
Pas n'esperoient le retor la Reïne.
Mais tote voie, si tost com il la virent,
Ariers corurent por joer tot à tire ;
L'Oissor le Roi ne dut fors un mot dire :
S'il ne se hastent, il i perdront la vie.
Que qu'il jooient ne laissa la Reïne
Qu'as joeors ne tençast par grant ire ;

Ja mais nul tens ne cesse et en haut crie :
« Del chief soit orfenins » o « orfenine ! »

Brait la Reïne : « Faites voler les chiés ! » *9.29*
Ceus qui à mort orent été jugié
Meinent prisons li vaillant soudoiier.

Por ce devoient il cesser d'estre arcel *9.30*
(Ce poez vos entendre senz lonc plait)
Si que remés n'i est nesuns arceaus
En tant de tens com on rostist porcel
O aloete o perdriz o gastel.

Pas ne remaint arceaus enz el planistre. *9.31*
Li joeor sont jugié à ocire,
Enchartré furent trestuit fors la Reïne
Et son Espos et la Pucele Eslite.
Tot alenant s'en corut la Reïne,
« La Fausse Tortue, encor la veïstes ? »
Ce demanda à la Gente Meschine.
« Non fis », ce dist Alis, « et neïs dire
Ne sai ce qu'est ceste beste marine,
O puet cel estre, el vit en la gaudine. »

« De li fait on les Faus Broez Tortiz », *9.32*
Dist la Reïne. Lors respondi Alis :
« Ainz mais n'en vi, ne parler n'en n'oï. »
Dist la Reïne : « Venez senz nul respit,
El vos dira coment ele vesqui. »

Come eus s'en partent ensemble, Alis entent *9.33*
Le Roi qui dit à toz comunaument :
« À toz pardoing. » Tot bas le va disant.
« Ce est mout bon ! » dist ele entre ses denz,

Qu'ele ot esté tormentée forment
Quant la Reïne comanda tantes genz
À decoler senz nul delaiement.

De ces comanz ot esté en esfroi. *9.34*
Mout tost encontrent un Grifon qui gisoit ;
Soleilloit soi, parfondement ronfloit.

(Se d'un Grifon ne conois la faiture, *9.35*
Amis, tu doiz esgarder la peinture.)
Dist la Reïne : « Oisose crïature,
Lieve sus ! Meine à la Fausse Tortue
Ceste dancele, mie ne t'asseüre,
S'orra la vie que la Fausse a eüe.
Ariers torner doi ge por que cil muirent
Que jugiez ai, que trop m'ont ofendue ! »

« Garder m'estuet qu'il soient bien ocis. » *9.36*
Lors s'en parti, si laissa Aalis.
La Noble Tose remest sole o le Grif.

De son semblant ne se puet esjoïr
Plenierement, mais s'el reste o le Grif
Aussi seüre sera, ce li est vis,
Com s'el sivoit la Reïne, de fi.
Trop est cele sauvage : si atendi.
Li Grifons tert ses ieuz, qu'il s'est assis.
La Reïne esgarda ; quant ne la vit,
Que esloigniee se fu, lors giete un ris.

« O com de rire m'esbaudist et deporte ! » *9.37*
Dist mi por lui icil Lïons qui Vole,
Mi por Alis estoient ses paroles.
Dist Aalis : « Qu'est ce qui vos deporte ? »

« Por coi avez vos ris ? » dist la Pucele. *9.38*
« De li rïoie, che ne fait à enquerre »,
Dist li Grifons. « Tot est dedenz sa teste.
Nul jor n'ochïent nului en cheste terre.
Ce sachiez bien. Venez ! » Si l'amoneste.

« Onc n'i perdi le kief ne chil ne chil, *9.39*
Bien le sachiez, venez ! » ce dist li Gris.
« Ci dïent tuit 'Venez !' » pensa Alis,
Et lentement s'en va, si le sivi.

Le Grifon suit Alis, pas n'i atent. *9.40*
En soi pensa la Pucele au Cors Gent :
« Onques n'avint en trestot mon vivant
Que tant me fust comandé, pas n'en ment ! »

Alé n'ont il mie .xvii. piez *9.41*
Quant de loing voient sor un petit rochier
Sole et dolente la Tortue qui siet.
Il aprochierent. Aalis entendié

Qu'el sospiroit tant que vos cuidissiez
Qu'en li fendist ses cuers en dos moitiez.
La Franche Tose en ot mout grant pitié,
S'a au Grifon enquis de coi se dieut.
Quant il l'oï, li Grifons respondié
Ce que ainz dist, poi a ses moz changiez,
Si a redit : « Tot est dedenz son kief :
Pas nes deüst doloir, bien le sachiez.
Venez ! Partons de chi senz plus targier ! »

Ambedui vont la Dolorose querre. *9.42*
Si ont trové la Tortuose Beste.
El les regarde des beax ieuz de sa teste
Qui grandisme erent et plein furent de lairmes,
Mais rien ne dit. « Icheste damisele,
El veut conoistre vostre estoire et vo geste »,
Dit li Grifons, cui la coe ventele.

« Or li dirai », dist la Fausse Tortue *9.43*
Del plus parfont del piz, el ne flaüte.
« Seez vos ambedui à boche mue
Et rien ne dites, s'iert ma geste entendue. »
Andui se sistrent. Si eüssiez beües
Ainz que aucuns parlast de vin .v. buires.

La Noble Tose, si dist entre ses denz : *9.44*
« Par saint Gregoire, mie ne sai coment
Ele porra trover definement
S'ele ne set trover comencement. »
Mais ele suefre l'afaire et si atent.
En fin parla la Fausse tristement :
« Lasse ! » dist ele en sospirant forment,
« Une veraie Tortue estoie antan. »
Quant parlé ot, si se torent lonc tens.

Ainsi remestrent que on n'ooit nul son 9.45
Fors sol de foiz en autres le Grifon
Qui crïoit « Hjckrrh », tant estoit desdeignos,
Et si ne finent li sanglot doloros
De la Tortue ; de cuer plore parfont.

Mout chaudes lairmes ne fine de respandre 9.46
Nostre Tortue, qui trop a le cuer tendre.
À poi qu'Alis nes leva et dist : « Dame,
.V.c. merciz, que l'estoire me semble
Mout bele et trop me plot ele à entendre. »

À bien petit ne dit ce la Meschine, *9.47*
Mais mal gré suen pense el qu'el n'a oïe
Tote l'estoire, et qu'ele n'est fenie.
Donc se tient coie et si remaint assise.
En fin reprist la Fausse : « Quant petites
Estiiens » (meins la veïssiez defrire,
Mais mainz petiz sangloz, c'est verté fine
L'oïssiez faire del fonz de sa poitrine),
« Estiiens nos à escole en mer mises.
Li maistre estoit une Tortue antive. »

« Maistre d'escole n'ert ele de novel – *9.48*
Nos soliiens clamer li Tortüel – »
Demande Alis : « Mais por coi Tortüel
L'apeliiez vos ? N'ert pas jovenceaus. »
Cele respont : « Clamee ert Tortüeaus
Por ce que el toz jorz aloit cest plait
Tenant : 'Por vos vueil tordre les tüeaus
Qui trop aportent en vos tendres cerveaus
Fausse scïence et toz savoirs mauvais.'
Qui tort tüeaus est clamez Tortüeaus. »

« Ce ert li nons de la Tortue antive », *9.49*
Ce dist la Fausse, quin ot el cuer grant ire,
« Certes, vos estes trop sote et fole et nice ! »

« À savoir est legier », redist li Gris, *9.50*
« Juene puchele, vos devriiez rogir
Quant che avez demandé et enquis. »
Andui remestrent lors coiement assis,
Si regarderent la lasse. Et Aalis
Ot en talent que terre l'englotist.
En fin a dit à la Fausse li Gris :
« Dites avant, amie, si vos pri !
N'i remanez mois, semaines ne dis ! »

Lors a la Fausse son estoire avant dite : *9.51*
« À escole estiiens en la mer mises,
Par mon dur cuir, ce est verité fine,
Mais, puet cel estre, vos ne le creez mie – »
« Onques ne dis », respondi la Meschine,
Que ne le fis ! » « Or endroit le feïstes »,
Dist la Tortue, « nel devez contredire. »

Ainz qu'autre foiz peüst Alis parler *9.52*
Redist li Gris : « Vo langue refrenez ! »
Nostre Tortue, si a avant conté.

« On nos aprist toz les savoirs del mont, *9.53*
Que chascun jor à l'escole alïons,
Ce est la voire – » Dist Alis : « Chascun jor
I ralai gié. Dieus vos face pardon,
N'en prenez gloire vaillissant un boton. »

« N'en prenez gloire vaillissant un festu. » *9.54*
« Apreniiez vos là del soreplus ? »
Li demanda la Fausse, qu'ele fu
Un poi ainsose. « Oïl », a respondu
La Franche Tose, pas n'i a atendu.

Dist Aalis : « Là nos aprenoit on *9.55*
Musique à lire et la langue as Bretons. »
« Ot i büee ? » Müee a la color
La Fausse Beste. Par ire et par corroz
Li respondi Aalis : « Certes, Non ! »
Dist la Tortue, cui radouci li tons :
« Donc n'ert pas bone vostre escole del tot. »

À la Tortue va li cuers esclairant : *9.56*
« En la nostre ot la chartre des despens

Iceste riule escrite à arrement
El daerrain foillet, se Dieus m'ament :
'Breton, musique, büee paie l'en
El soreplus'. » « Au fonz de l'Ocëan
Ne deüssiez avoir mestier trop grant
De büer robes », dist Alis sagement.
« Por ce aprendre n'avoie or ne argent »,
Dit la Tortue, qui sospire forment,
« Et por itant apris je solement
Les comunaus leçons, ce m'ert pesant. »

« Quiex erent eles ? » demanda Aalis. *9.57*
Plora la Fausse, et si li respondi :
« Luire et esbruire, ice ne puet faillir :
Comencemenz est ce, senz contredit. »

« Et aprés ce », dist la Beste Marine, *9.58*
Apreniiens les poinz d'Arismetique :
Ajorner et Detraire avons nos primes ;
Et Reviser et Couteplaiier. Dire
N'en sai je plus : ci fine Arismetique. »
« Couteplaiier, qu'est ce ? » dist la Meschine.

« Onc n'en oï parler. » Alis est ose *9.59*
Quant ce demande. Lors lieve ses dos poes
Li Gris en haut. Baïs est : « Par mes botes !
Ainz mais n'oïstes chest mot ! Mout estes sote. »

Ce escrïa li Gris. « D'entreplaiier *9.60*
Conoissiez vos le sens, au mien cuidier. »
« Oïl », respont Alis, « entreblecier
Est ce, si com je cuit. » Mais mie bien
N'en est seüre. Li Grifons respondié :
« Conoissiez vos coutes ? » « C'est por couchier »,

Respont Alis. « Se vos couteplaiier
N'entendez pas, donc estes senz cherviel »,
Dist li Grifons, « mentir ne vos en quier. »

Dit li Grifons : « Vos estes beste mue ! » *9.61*
Bien voit Alis pas ne sont atendües
Autres demandes, de ce est el seüre :
Par le Grifon ne sera respondue.
Donc se torna vers la Fausse Tortue
Et dist : « Se el avïez en estuide ? »

Demande Alice : « Qu'apreniiez encore ? » *9.62*
« Estoile vive avuec estoile morte »,
Respont la Fausse. Si conte sor ses noes
Trestoz les poinz qu'apris ot à l'escole.

« Nos aviiens aussi », dist la Tortue, *9.63*
« Scïence de la Serre ; et Forfaiture –
Si l'enseignoit une vieille belue. »

« Le vendredi aviiens nos cel congre *9.64*
En nostre ostel ; à Feindre à uile, à onde,
Nos enseignoit. Or en ai dit la some. »

« Quiex ert cil feindres ? » demanda la Meschine. *9.65*
Dist la Tortue : « Por voir, par moi meïsme
Ne le vos puis mostrer : pas ne sui viste
Assez et onques n'a li Grifons aprise
La chose à faire, que il n'estoit penibles. »
Dist li Gris : « Tens et pooirs me faillirent,
Et neporcant, del bon maistre del Trive
Soloie gié rechoivre la doctrine.
Che fu uns crabes à la barbe florie,
Iche ert il, par ma coe fornie ! »

« Je nel hantai nul jor », dist o sospirs 9.66
Nostre Tortue ; il enseignoit Glatin
Et Gré, disoient li abitant marin. »
Li Gris respont : « Chertes, che faisoit il,
Che faisoit il. » Si rejete un sospir.
Et ambedui mucierent le lor vis
Dedenz lor poes. Lors lor enquist Alis,
Cui durement tarda que d'el deïst :
« Et quantes ores estiiez chascun di
À voz leçons ? » La Fausse respondi :
« Le premier jor dis ores, l'autre di
Nuef, le tierz uit, set le quart, le quint sis ;
C'est mout legier à entendre, fenir
Ne m'estuet ja ma raison, ce m'est vis. »

Ce dist la Fausse, qui ot esté marine. 9.67
Lors s'escrïa la Nobile Meschine :
« Trop est estrange assez ceste devise ! »

Merveille s'en la Tose o le Cler Vis. 9.68
« Sachiez por coi on les claime leçons »,
Ce dist li Gris, « une pieche en laissons
De jor en jor. Or savez la raison. »

Dist li Grifons : « La verté en savez. » 9.69
Alis ne vint tel chose onc en pensé ;
Lors pense un poi, si prent à demander :
« L'onzime jor, poiiez vos ovrer ? »

Enquis lor a la Tose as Cheveus Sors : 9.70
« L'onzime jorz, donc ert il por repos ? »
Atant respont Cele qui de son Dos
Faisoit son Toit : « Ce ert il, par mes os. »

Dist la Tortue : « Ce ert il, par mon chief. » *9.71*
Lors a redit Aalis senz targier :
« Et el dozime, coment le faisiiez ? »

Ce dist Alis. Lors respont li Grifons, *9.72*
Mout fierement la parole lor ront :
« Assez avons parlé de ches lechons,
Or li contez des jeus, si vos orrons. »

Chapitre X

Ci aprendrez la Dance des Langostes

Parfont sospire la Tortue à grant force, 10.1
Devant ses ieuz trait le dos d'une poe.
Alis regarde et de parler s'esforce,
Mais li sanglot sa triste voiz li ostent
Et si remaint müete mout grant pose.
« Se ele avoit un os dedenz sa gorge »,
Dist li Grifons, « ne seroit el meins roe. »

« Se en sa gorge avoit fichié un os, 10.2
Aussi müete seroit, dire vos l'os. »
Li Gris la prist lors à ferir el dos
Et à escorre durement et à fort.

Sa voiz recuevre la Fausse à chief de pose. 10.3
Lairmes avalent les fronces de ses joes,
Si dist : « Espoir, enz es marines fosses
N'avez lonc tens vescu – » (« C'est certe chose »,
Dist Aalis, à la Fausse s'acorde.)

« – Et puet cel estre », li redist la Tortue, 10.4
« Nule langoste nes point ne coneüstes – »
Lors prist à dire la Pucele Esleüe :
« Un jor gostai – » mais senz nule atendue
A el sa langue constreinte et retenue,
Si respondi : « Onques n'en conui nule. »

Sa raison a refrenee la Tose, 10.5
Si li respont : « Nule n'en conui onques. »
Lors dist la Fausse : « Par les os de ma boche,
Donc ne savez come delicïose
Chose puet estre la Dance des Langostes ! »

« Je nel sai, voir », dist la Noble Meschine, 10.6
« Quel dance est ce ? J'en sai de mainte guise. »
Dist li Grifons : « Sor la rive marine
Vos devez vos en un renc tenir primes – »

« Dos rens ! » crïa la Tortue à haut ton, 10.7
« Craspois, tortües, et maint autre saumon ;
Quant vos avez delivré le sablon
Des geleïz – » Sa parole li ront
Atant li Gris : « Mais mout sieut estre lons
Ichil afaires, que de voir le set on. »
« – Faites dos pas avant – » Dist li Grifons
À haute voiz crïanz : « Et par le poing
Tiegne chascuns une langoste à point,
De chele fache et per et compagnon ! »
Dist la Tortue : « Tot ice savons nos. »

« Une langoste tiegne chascuns de pris », 10.8
Dist li Grifons ; sel dist à mout hauz criz.
Dist la Tortue qui Trop Savoit Mentir :
« Bien le set on, par le chief saint Denis !

Faites dos pas avant ; enmi son vis
Estuet chascun sa compagne tenir – »
« – Autre langoste prenez », redist li Gris,
« Chascuns se traie ariers si com il vint. »

Si a redit la Tortue Plorose : *10.9*
« Lors vos covient jeter les – » « Les langostes ! »
Crïa li Gris, « par saint Pere de Rome ! »

Mout haut en l'air a li Grifons sauté. *10.10*
« – Loing en la mer tant come vos poez »,
Dist la Tortue, « à estros le savez – »
Crïe li Gris : « Aprés eles noez ! »
« Le tor de Reins faites lors en la mer ! »

« En la mer faites le tor de Champenois ! » *10.11*
A la Tortue crïé que qu'el sautoit
Tot folement et à mout grant desroi.

« Une novele langoste devez prendre ! » *10.12*
Crïa li Gris si haut que jusqu'à Nantes
L'oïst on bien, ne cuidiez que je mente.

Jusqu'à Angiers oïst on le Grifon. *10.13*
Dist la Tortue : « À terre revient on,
De la dance est finez li premiers poinz. »
Et sodement parloit ele à bas ton.

Les crïatures n'orent tandis finé *10.14*
De faire sauz com ome forsené.
Lors se rassieent, si ont grant dolenté,
Coies se tienent, vers Alis ont gardé.

Alis regardent andos les tristes bestes. *10.15*
Dotosement lor dist la pucelete :
« Forment doit estre icele dance bele. »

Dist la Tortue : « Avez vos desirrier *10.16*
De nos veoir un poi por vos treschier? » 4236
Seignor, oez qu'Alis li respondié :
« Certes, si faz, celer ne le vos quier. »
Lors dist la Fausse au Grifon au Vis Fier :
« Or essaions se nos poons dancier 4240
Le premier point ; de verité sachiez
Que de langostes n'avons mie mestier. »

« Li quiex de nos chantera la chançon ? » *10.17*
« Vos la devez chanter », dist li Grifons,
« Oblïez ai les moz del tot en tot. » 4245

Mout lentement comencent à dancier *10.18*
Entor Alis, pas ne sont envoisié ;
D'ores en autres, si li marchent ses piez
Quant trop pres vienent, qu'il sont pres escachié.

Duelent li pié de la Tose Avenant. *10.19*
Les bestes muevent les lor poes devant, 4251
Si devisoient de la chançon les tens
Que que la Fausse, qui pas n'estoit joiant,
Chantoit por eus merveilles lentement.

« Veus tu aler auques meins lent ? » 10.20
Dist li rogez au limaçon.
« Uns porpois nos suit au talon
Et sor ma coe va marchant.
Les langostes et les tortües
Atendent lonc les vagues drües,
Mout curïosement s'avancent !
Te vendras tu metre en la dance ?
Vendras tu, ne vendras tu, vendras tu, ne vendras tu,
Te vendras tu metre en la dance ?
Vendras tu, ne vendras tu, vendras tu, ne vendras tu,
Net vendras tu metre en la dance ? »

« Voir, tu ne puez nïent penser 10.21
Come nos nos devrons haitier
Quant il nos iront balancier
O les langostes en la mer ! »
Li limaçons respont : « Trop loing ! »
Si li dist o un ueil en coing
Qu'il le mercïoit senz bobance,
Mais nes vendroit metre en la dance.
Ne vendroit, ne porroit pas, ne vendroit, ne porroit pas,
Nes vendroit pas metre en la dance.
Ne vendroit, ne porroit pas, ne vendroit, ne porroit pas,
Nes porroit pas metre en la dance.

Respont ses amis eschaillos : 10.22
« Que te chaut se mout loing alons ?
Une autre rive troverons
D'autre part, sel sez à estros.
Quant plus est on loing des François,
Tant plus est on pres des Englois.
Chiers frere, el vis n'aies muance,
Mais or te vien metre en la dance.
Vendras tu, ne vendras tu, vendras tu, ne vendras tu,
Te vendras tu metre en la dance ?
Vendras tu, ne vendras tu, vendras tu, ne vendras tu,
Net vendras tu metre en la dance ? »

« Cinc cenz merciz », dist la Tose au Vis Cler, 10.23
« Que cele dance fait bien à regarder. »
Mout liee fu qu'en fin orent cessé.

Plus ne treschoient ; Alis n'en a pesance. 10.24
« Et tant me plaist ceste chançon estrange
Que vos chantastes du roget amant dance. »

« Tant amoit dance icil roges poissons *10.25*
Qu'il voloit faire treschier un limaçon. »
Dist la Tortue : « Se de rogez parlons,
Ja en veïstes, que savoir le puet on. »

Dist Aalis : « Si fis. J'en vi sovent *10.26*
Au disn— » mais el retint hastivement
La soe langue qui parloit folement.
« Ò li Disn est, ce ne sai je nïent »,
Dist la Tortue qui maint en l'Ocëan :
« Mais se veüz les avez mout sovent,
Bien conoissiez lor cors et lor semblant. »
Respont Alis : « Si faz, mien escïent. »
De ce qu'el dist est en grant pensement.

Alis respont, qui est forment pensive : *10.27*
« En lor denz tienent lor coe, ce puis dire –
Et sor mïetes tuit estendu se gisent. »
Dist la Tortue : « À tort parlez de mïes,
Totes fondroient enz en l'eve marine. »

Dist la Tortue : « Des mïes n'est pas voir : *10.28*
S'en la mer erent, el les en porteroit.
Mais roget tienent en lor boche, par foi,
Lor roge coe, et or savrez por coi – »
Lors baailla et clost ses ieuz estroit.
Au Grifon dist : « Or li dites por coi,
Ò et coment : ice doit el savoir. »

Ainsi parla la Beste Tortuose. *10.29*
Dist li Grifons : « Sachiez la raison tote :
Toz tens voloient dancier o les langostes. »

« Toz jorz voloient o langostes baler. 10.30
Por che estoient balanchié en la mer.
Por che devoient plus loing que Rubempré
Cheoir en eve enmi escume et sel. »

« Por che devoient tenir enz en lor boche 10.31
Mout fermement lor coe longe et roge.
Et por iche », dist il, « senz nule dote
Ne la pooient retraire à la parsome.
Tot vos ai dit, n'i a mot de mençogne. »

« Cinc cenz merciz », dist la Tose au Vis Cler, 10.32
« Que mout me plaist ce que mostré avez.
Onques ne soi en trestot mon aé
Itant de l'estre de ces rogez barbez. »

« Onc n'en soi tant », dist la Tose au Cler Vis. 10.33
« Gente puchele, s'il vos vient à plaisir,
J'en conterai encore », dist li Gris.

« Roget a nom, mais savez vos por coi ? » 10.34
« N'en pensai onques », dit Aalis, « por coi ? »
« Solers et botes polist il, par ma foi »,
Respont li Gris, nel dit mie à gabois.

« Solers et botes polist », redist Alis. 10.35
Mout s'en merveille la Pucele Gentil ;
À sa voiz mostre que ele s'esbaïst.
Lors li enquist li Grifons au Fier Vis :
« Vostre soler, coment sont il poli ? »

Dist li Grifons : « Iche devez entendre : 10.36
Qui donc les fait luisanz com clere lampe ? »
Vers ses piez garde la Pucele au Vis Tendre,

Un poi se taist et del respondre est lente :
« Luisir les fait blanchez, si com moi semble. »

Del plus parfont del piz redist li Gris : *10.37*
« Solers et botes suelent serjant polir
Desoz la mer o roget chascun di.
Or le savez et de voir et de fi. »

La Franche Tose demande demanois : *10.38*
« De coi sont soler fait ? » Et à sa voiz
Pert bien qu'ele a grant talent de savoir.

« De soles sont il fait », respont li Gris, *10.39*
Cui la demande est mout fort à sofrir,
« Et es oreilles ont sardines de pris.
Ce sevent tuit ; nes à une plaïs
Le peüssiez enquerre, par mon piz ! »

« S'esté eüsse li rogez », dist la Tose *10.40*
(Encor remembre la chançon tortuose),
« J'eüsse dit au porpois : 'Or te bouge,
Pas net volons, ce saches, en nostre rote !' »

Dist la Tortue : « Mais il les covenoit *10.41*
Cel compagnon prendre par estovoir :
Savoir devez que en nul lieu n'iroit
Nus poissons qui fust sages senz porpois. »
Baïve fu Alis : « Dites vos voir ? »

« Dites vos voir ? » demanda Aalis. *10.42*
« Mie ne gap », li a la Fausse dit.
« S'à moi venoit uns poissons quim deïst
Qu'il atornast sa voie et son chemin,
Si respondroie : 'O quel porpois ?' de fi. »
« Volez vos dire 'porpos' ? » dist Aalis.

« Dire vueil ce que di », dist la Tortue. *10.43*
À sa voiz pert que ele est ofendue.
Li Gris redist : « Des vostres aventures
Devons oïr senz nesune atendue.
Gentil pucele, or en contez aucunes. »

Lors respondi la Pucele au Vis Cler, *10.44*
Qui n'osoit mie hardïement parler :
« Mes aventures vos porroie conter – »

« Des aventures porroie comencier *10.45*
Qui ui matin m'avindrent tot premiers,
Mais n'est mestiers que je vos parol d'ier
Por ce que mout diverse pucele iert
Cele que fui, mentir ne vos en quier. »
Dist la Tortue : « Mout diverse estiiez :
Or nos mostrez com vos le faisiiez. »

Icel delai ne pot li Gris sofrir : *10.46*
« Rien ne nos doit mostrer, par mon bec bis !
Demostraison est trop longe à oïr. »

Atant lor prist Aalis à conter *10.47*
Ses aventures, qui tant font à loer.
Primes lor dist del Conin qui blans ert.

Del Conin conte dont la coe estoit blanche. *10.48*
Peor a ele un poi quant el comence,
Que les dos bestes mout pres de li s'avancent.

À chascun lé la serrent les dos bestes. *10.49*
Lor ieuz ovroient toz granz come fenestres
Et si tenoient andos lor boche overte
Qui plus ert lee d'une ole : or voit sa perte !

Mais que qu'el conte s'enhardist Aalis. *10.50*
Cil qui l'escoutent ne muevent nes dos ciz
Tant qu'ele vient au point ò el redist
« *Vos estes vieuz, Pere Martins* » qu'oïr
Vout la Chenille qui les braz ot petiz.

Quant au point vint qu'el dut dire les vers *10.51*
Et tuit li mot li venoient divers,
Atant parla la Fausse au Lait Musel.

La beste traist espir del fonz del ventre *10.52*
Et dist : « Or oi paroles trop estranges. »
« Nul lieu n'a rien », dit li Gris, « plus estrange. »

Redist la Fausse : « Tot vint diversement. » *10.53*
Et quant ce dist ert en grant pensement.
Lors a el dit : « Or ai je grant talent
De li oïr esprover maintenant
S'aucuns vers set redire beaus et genz. »

« Des vers oïr sui mout entalentive : *10.54*
Comencier doit la Tose, si li dites. »
Le Grif regarde la Tortue Marine
Com s'il eüst Alis en sa justice.
Dist li Grifons : « Levez sus et redites
'*Ses purs ongles tres haut*'. » Et la Meschine
Pensa en soi, si com la geste afiche :
« Come toz tens m'estuet leçons redire !
Les crïatures ne cessent ne ne finent
De comander. Com je sui maubaillie !
Autant vaudroit qu'en l'escole seïsse. »

« Autant vaudroit », pensoit Alis la Blonde, *10.55*
« Que en l'escole seïsse senz demore. »

Mais tote voie se lieve, plus n'en groce.
À dire prent les vers la Noble Tose,
Mais el remembre la Dance des Langostes :
À peine set les vers que dit sa boche ;
Les moz de cel qui vit rue de Rome,
Estrangement les change et les bestorne.

« De ses durs oncles haut soslevant les nombriz, 10.56
Langoste o ses nariz torne com centicore
Ses orteuz par defors ardanz desor Graïz
Dont la cendre nes va en nule buire enclore.
Es armaires ne pert en la sale nus ptiz,
Esvani est ce qui de son se pimpelore,
Car li Maistre est alez puisier plors en Bariz
O cele sole rien dont li Nïenz s'estore. »

Atant se tot la Pucele Onoree. 10.57
Dist li Grifons : « En mes juenes anees
Soloie dire vers qui mout divers erent. »

Dist la Tortue : « Onques nes oï gié ; 10.58
Uns droiz nïenz sont il, au mien cuidier. »
La Gentil Tose se tot et ne dist rien.
À sa maissele tient sa main et si siet ;
Se nule chose avendroit com ert ier,
Ice voudroit savoir, par saint Richier !

Dist la Tortue : « Li vers, que senefïent ? 10.59
D'ice savoir sui mout entalentive. »
Dist li Grifons : « Ne set que senefïent. »

Pas n'atendi qu'Aalis respondist : 10.60
« Le secont vers volons sempres oïr. »
Mais la Tortue a à parler repris :
« De ses orteuz voil savoir ce qu'avint :
Coment les pot ele o ses dos nariz
Torner defors, dites le, ce vos pri. »

« Coment les pot ele o ses dos narilles 10.61
Torner defors, par sainte Marguerite ? »
« Quant aucuns dance, ses piez met ainsi primes »,

Dist Aalis, mais mout estoit baïve,
Plus n'en vout dire, que trop estoit pensive,
De parler d'el fu mout entalentive.

« Le secont vers volons sempres oïr », 10.62
Dist autre foiz li Gris, « par saint Maci ! »
Nesun delai ne pooit il sofrir.

« Li vers comence '*Mais proche la croisiee*'. » 10.63
La Noble Tose, si n'ot pas cuer de lievre,
Mais ele n'ose refuser sa priiere.

Aalis n'ose trespasser son comant, 10.64
Mais tote voie set el que malement
Vendra li vers. Atant le dist avant
O sa voiz foible qui li aloit tremblant.

> *« Mais pres de la fenestre au nort bëant d'un or* 10.65
> *Se muert la rien selonc, puet cel estre, un tresor*
> *D'unicornes ruanz flame contre une nice,*
> *Ele, feüe nue el mireor, encor,*
> *Dedenz la carreüre enz en l'obli se lice*
> *Quant vers septentrïon les estoiles – »*

La Torte Beste la parole rompi 10.66
À Aalis : « De coi pueent servir
Li vers redit se quant il nos sont dit
Nes esclairiez ? En ma vie ne vi
Tant d'oscurté en fable ne en dit ! »

« Onques n'oï », dist la Fausse Tortue, 10.67
« En nesun dit paroles si oscures.
Cil qui escrist ces vers n'ot de rien cure ! »

Dist li Grifons : « Li vers sont trop oscur, *10.68*
Nes devez dire avant, si com je cuit. »
Quant ce oï Alis, mout liee fu.
Atant se tot, que ele n'en dist plus.

Quant ce oï, mout fu liee la Tose. *10.69*
« Se il vos plaist, la Dance des Langostes
Poons dancier », redist li Gris adonques.

« Un autre point de la dance essaions, *10.70*
O vos plaist il que une autre canchon
Chant la Tortue à la Fiere Vigor ? »
Alis respont à joie et à baudor :
« J'ai grant talent d'oïr une chançon. »

« Une chançon, sos plaist », dist la Meschine, *10.71*
« Se ele veut chanter par cortoisie. »
Offenduz fu li Gris, c'est verté fine ;
Auques s'iraist, ne puet müer ne die :
« Ce que chil aime, chil autre n'aime mie !
Or li chantez une canchon, amie. »

« Or li devez chanter, ma chiere drue, *10.72*
Le chant del fier Broet à la Tortue. »
Parfont sospire la Fausse, ne flaüte.

Soventes foiz ne pooit alener, *10.73*
Qu'el sospiroit et sanglotoit assez,
Mais tote voie comença à chanter.

> *« Bel Bro, or veez tuit com il est verz et riche,* *10.74*
> *En un pot mout chaudement niche !*
> *Por tel deintié n'i a nul ome qui nes ploit.*
> *Bel Bro de l'avesprer qui nului ne deçoit !*

Bel Bro de l'avesprer qui nului ne deçoit !
Nuu—uul ne dee—eeçoit !
Nuu—uul ne dee—eeçoit !
Bee—eel Broo—oo de l'aa—aa—aavesprer,
Nului, nului ne deçoit ! »

« Bel Bro, qui a cure de cerf ne de poisson, *10.75*
De daim ne d'autre venoison ?
Et quieus om terrïens ne couperoit son doi t
ant solement por cel Bro qui nul ne deçoit ?
Tant solement por cel Bro qui nul ne deçoit ?
Nuu—uul ne dee—eeçoit !
Nuu—uul ne dee—eeçoit !
Bee—eel Broo—oo de l'aa—aa—aavesprer,
Nului, nul—UI NE DEÇOIT ! »

Li Gris crïa : « Redites le refrait ! » *10.76*
À chanter prist la Tortue entresait
En sanglotant, cui qu'il fust bel ne lait.

Aussi tost come la Torte à chanter prist, *10.77*
Tot maintenant oïrent un grant cri
Auquetes loing, mie n'estoit voisins :
« Li plaiz comence ! » « Venez ! » crïa li Gris.
Par la main prist Alis, pas n'atendi
Que la Tortue eüst le chant feni,
Si s'en corut ; andui s'en sont parti.
« Quiex plaiz est ce ? » demanda Aalis.

« Quiex plaiz est ce ? » demande la Pucele, *10.78*
O le Grif cort, si aleine et pantaise.
Mais li Grifons ne respont rien fors : « Bele,
Venez ! Venez ! » Pas ne fust plus isnele
Biche que chiens randone aval les tertres.

Plus isnel erent que chien qui vont chaçant *10.79*
Biche ne cerf es vaus et es pendanz.
Les moz ooient plus et plus foiblement
Qui derrier eus voloient aval vent ;
Mout pitos furent, nus n'en estoit joianz :

« Bee—eel Broo—oo de l'aa—aa—aavesprer,
Nului, nului ne deçoit ! »

Chapitre XI

Ci enquiert on qui pot embler les tartes

Li Rois seoit desor son faudestuel 11.1
(D'or et d'ivoire estoit, et trestoz nués),
Et si faisoit la Reïne des Cuers.

Tot entor eus ot grant fole et grant presse. 11.2
Là veïssiez tanz oiselez et bestes,
De maintes guises, ce reconte la geste,
Et si ot il à senestre et à destre
Toz les foillez, mais or m'en voudrai taire,
Que n'ai loisir que plus vos en retraie.

Devant le Roi et la Reïne estot 11.3
Li Escuiers des Cuers ; si le gardot
Uns soudoiiers à chascun lez, et s'ot
Fers en ses piez, qui furent gros et fort.

Et pres del Roi estoit li Blans Conins ; *11.4*
Une buisine d'or neelee tint
En sa main destre, et s'ot de parchemin
En la senestre un rollet tenve et fin.

Seignor, sachiez que tres enmi la cort *11.5*
Ot une table soz un platel mout lort
Et grant, o tartes qui sembloient del tot
Bones et douces, ce nos dit la chançon.

Quant Aalis vit les reondes tartes, *11.6*
Mout li semblerent estre bones et sades,
Et tant li plorent qu'ele de faim baaille.

« Mout me pleüst que li plaiz fust finez », *11.7*
Pense la Tose au Gent Cors Onoré,
« Et li vaslet nos tendissent vin cler
Et ces gasteaus dont je voi ci assez ! »

Ice pensoit la Pucele au Cler Vis. *11.8*
Mais ce ne puet por nïent avenir,
Ce li est vis ; si comence entor li
À regarder tote rien à loisir.

Le tens vout faire passer, ce dit la geste. *11.9*
Onques ne vit en cort jugement faire,
Mais leü ot Alis de tiex afaires :
Tres bien savoit la Tose Debonaire
Le nom de tot, o ne s'en faloit gaire ;
Trop en fu liee et ce li dut mout plaire.

Aalis dist en soi : « Cil est li juges : *11.10*
Sor son chief voi fausse cheveleüre
Dont li chevel sont lonc à desmesure. »

Oez, seignor, bien le devez savoir, 11.11
Cil qui faisoit jugemenz ert li Rois.
Sor ses cheveus qui n'erent mie roit
Ne naturel sa corone portoit.
(Se ne savez coment il le faisoit,
Au chief del livre devez, si ne vos poist,
Les portraitures esgarder or endroit.)

Li Rois portoit sa corone pesant. 11.12
Il ne sembloit estre à aise nïent,
Et bien sachiez qu'el n'ert mie sëant.

Quant les barons à conseil voit Alis, 11.13
Atant pensa : « En lor loge sont cil ;
Ces crïatures dont je voi doze ici »
(El devoit dire « crïatures », de fi,
Que bestes voit, et s'ot oiseaus parmi)
« Apele l'on jureors, ce m'est vis. »

« Jureors », dit Alis uit foiz o nuef 11.14
En li meïsme ; nel dit pas senz orgueil,
Car ele pense, et bien faire le puet,
Qu'onques encore ne virent li suen ueil
Itel pucele deci qu'à Mosterueil.

« De mon aé gaire ne vi meschines 11.15
Qui tant seüssent de plaiz ne de justice ;
De 'jureor' cuit que poi entendissent
Qu'il senefie, par sainte Caterine ! »
Mais tote voie eüst el peü dire
Tot aussi bien « omes de jurerie ».

Senz respitier escrivent li baron 11.16
(Seignor, ce sont li doze jureor)

Desor tabletes d'adoise à que qu'il tort.
Aalis dist en l'oreille au Grifon :
« Sos plaist, beaus sire, dites moi que il font. »

« Dites moi, sire, que font il, s'il vos plaist ? *11.17*
De l'Escuier n'est comenciez li plaiz :
D'escrire n'ont mestier ; tot entresait
Le savons nos, ce veons en apert. »

Respont li Gris en bas à la Meschine : *11.18*
« En lor tabletes lor propres nons escrivent
Que nes oblïent ainz que li plaiz fenisse. »
À haute voiz prist Aalis à dire :
« Sotes genz sont ! » que ele en a grant ire.

Mais tost se taist por ce que li Conins *11.19*
Crie « En la cort faites pais ! » Ses beriz
Mist sor son nés li Rois que cler veïst ;
Grant vertu ont quant es ieuz sont assis :
Qui ne voit gote, o ce voit tresqu'à Tyr.

O tiex beriz voit on tresqu'à Lïon. *11.20*
Entor soi garde li Rois qui est ainsos,
Que savoir veut qui parole à haut ton.

Les jureors esgarde la Meschine ; *11.21*
Atant voit bien tuit li baron escrivent
« Sotes genz sont ! » es tabletes polïes.

« Sotes genz sont ! » lit Alis en lor tables. *11.22*
S'el regardast par desor lor espaules,
Mieuz nel veïst escrit, n'est mie fable.

« Sotes genz sont ! » a es tables leü. *11.23*
Neïs conoistre pot ele que li uns
Ne sot escrire le mot « sotes », si dut
Enquerre à cel qui seoit delez lui
Come il l'espeaut, mentir ne vos en puis.

« Lor tables ierent ordoiiees forment *11.24*
Ainz que feniz soit icist jugemenz »,
Pensa Alis, « par le cors saint Vincent ! »

Uns ber tenoit un bastonet de croie *11.25*
Qui trop croissoit sor sa table d'adoise.
Sofrir nel puet la Pucele Cortoise,
Bien le sachiez, que mie ne s'envoise.

Sofrir nel pot la Cortoise Pucele ; *11.26*
Entor la cort ala, ce dit la geste,
Derrier lui vint, et mout tost voit son aise :
Le bastonet li tout de sa main destre.

Vïaz le prist ; ne s'en senti li las *11.27*
(Ce ert Pepins, nostre petiz Laisarz),
Onc n'en sot mot, le bastonet n'ot pas.
À toz enquiert, et amont et aval,
Se veü l'ont, mais ce fist il endar.

Pepins cerchoit et devant et derrier, *11.28*
Trover nel puet, adonc li est mestiers
Que il escrive senz point de l'atargier
À un suen doi, ci a grant encombrier !

Des or escrit à un doi la Laisarde. *11.29*
Mais poi li vaut, qu'on ne voit nule trace
Qui puist paroir sor sa petite table.

Ce dist li Rois : « Hirauz, le ret lisez ! » *11.30*
Li Blans Conins a lors trois moz sonez 4691
De sa buisine, puis a desvolepé
Son parchemin. Seignor, or entendez :
Se vos pais faites, le ret oïr porrez.

« La Reïne des Cuers, ele fist bones tartes 11.31
Par un bel jor d'esté ;
Et li Vaslez des Cuers, il embla celes tartes,
C'est fine verité ! »

Ce dist li Rois : « Or me covient oïr 11.32
Ce que la cort esgarde. » Li Conins
Ne se pot taire, sa parole rompi :
« Faire nel puet encor, gel vos afi,
Que primes doit mainte chose avenir,
Ainz que la cort en die son avis ! »
Lors dist li Rois : « Faites avant venir
Cel qui premiers tesmoinz doit estre ci. »
Atant sona trois moz li Blans Conins.

Li Conins sone sa buisine et si crie : 11.33
« On veut oïr le tesmoin qui de primes
Devra parler des tartes la Reïne ! »

Li Conins crie enz el palais hautor. 11.34
Li Chapeliers fu li premiers tesmoinz.
Son nom oï, qu'il n'estoit mie loing.

Quant il entra, si tenoit une cope 11.35
En une main, qui mout estoit parfonde ;
Plus bele n'ot deci qu'au port de Londres.

En cele cope avoit eve bolie. 11.36
En l'autre main tenoit une rostie.
Lors comença : « Par Vostre Merci, Sire,
Pardon vos quier, se Dieus me beneïe,
Aportez ai mon vaissel et mon vivre,
Que ma marende n'avoie encor fenie,
Par mon chapel, quant venir me feïstes. »

Respont li Rois : « Fenir la deüssiez. *11.37*
Je vueil savoir quant ce fu comencié. »
Vers le Marçois garde li Chapeliers.

Li Chapeliers esgarda le Marçois. *11.38*
Cil l'ot sivi à la cort, si venoit
O le Liron, sel tenoit par le doi.

Li Chapeliers respont : « Il m'est avis *11.39*
Qu'en marz estoit, au catorzime di. »
« C'ert au quinzime », ce a li Lievres dit.
Et li Lirons redit : « Au seizain di. »

Lors dist li Rois as doze jureors : *11.40*
« Ce escrivez, par toz les sainz del mont ! »
Et il escrivent à joie et à baudor
Sor lor tabletes les dates des trois jorz.

« Ce escrivez », a dit li Rois as doze. *11.41*
Quant escrit ont li baron les trois nombres,
Ilors ajostent à seize senz semonse
Catorze et quinze, et quant faite ont la some,
Si l'ont partie en mars et en souz tote.

« Vostre chapel ostez », ce dist li Rois *11.42*
Au Chapelier. « Ne puis, par sait Eloi,
Que miens n'est pas », respont en bone foi
Li Chapeliers. « Emblé ! » escrie li Rois,
Vers les barons se torne cui qu'il poist.
Cil en lor tables escrivirent manois
Que lerre estoit li Chapeliers por voir.

Li Chapeliers se voloit deraisnier, 11.43
Atant redist senz point de l'atargier :
« Se chapeaus ai, il ne sont mie mien,
Que chapeaus vent, et si vent cuevrechiés :
Sire, sachiez que je sui chapeliers. »

« Chapeliers sui, que je ne vos ment mie. » 11.44
Le Chapelier esgarda la Reïne,
Qui ot assis sor son nés ses bericles.
Et cil s'esmaie, sa face est empalie.
Ce dist li Rois : « Or nos devez vos dire
Que vos savez. Je vos ferai ocire
Se vos tremblez, par sainte Marguerite ! »

« Par saint Clement, vos morrez or endroit 11.45
Se vos tremblez », ce li a dit li Rois.
Li Chapeliers en fu en grant esfroi.

Peor mout grant avoit li Chapeliers. 11.46
Pas ne paroit qu'il fust encoragiez
Ne tant ne quant de parler ; sor un pié
Se tenoit il, mentir ne vos en quier,
Puis se tenoit sor l'autre, et de rechief
Se retenoit desor le premier pié.

À grant mesaise esgarde la Reïne, 11.47
Mort en sa cope en lieu de sa rostie,
Tant est confus ; en sa boche en a mise
Une grant piece, ne cuidiez qu'il s'en rie.

Que que cil mort enz en sa bele cope 11.48
Si qu'une piece en a mise en sa boche
Sent Aalis son cors estrange et torble.

Mout s'en merveille la Meschine, por voir, 11.49
Puis set que c'est : ez vos qu'ele recroist.
Primes pensa qu'ele se leveroit
Et de la cort istroit tot demanois ;
Mais tote voie repensa ele en soi
Qu'el remandroit el lieu ò ele estoit
Tant come place avroit por soi movoir.

Ce dist li Loirs : « Mon vuel, escachier si 11.50
Nem devriiez » (il seoit pres de li)
« Car avisonques puis je ci traire espir. »
Dist la Pucele : « Ne m'en puis astenir,
Que croissant va mes cors, par saint Martin ! »
Mout umblement ot respondu Alis.
« On vos defent que vos n'enflez ici »,
Dist li Lirons. Aalis s'enhardi :
« Sotes paroles ne dites, ce vos pri,
Mout bien savez que vos croissiez aussi »,
Ce respondi la Pucele au Cler Vis.

Ce dist li Loirs : « Par le cors saint Lorent, 11.51
Vos dites voir, mais li miens croissemenz
Est douz, sel faz soef et belement.
Li vostre est rustes, sel faites sotement. »

« Mes croissemenz est douz, par saint Tomas, 11.52
Mais vos croissiez aussi com satanas ! »
O laie chiere se lieve, et si s'en va,
Parmi la cort ala à l'autre part.
Que qu'il parloient, la Reïne esgarda
Le Chapelier, que onques ne cessa.

Si com li Loirs aloit parmi la cort 11.53
Dist la Reïne à un bedel adonc :

« Conoistre vueil les nons des chanteors
Qui l'autrier furent de devant moi semons :
Aportez moi la chartre ò lor nom sont ! »

Dist la Reïne : « La chartre me bailliez ! 11.54
Savoir vueil je qui j'ai oï l'autrier. »
Quant il ot ce, li dolenz Chapeliers
Fremist et tremble, si que de ses dos piez
Pert ses solers, ez le vos deschaucié !
Li Rois l'araisne, qui mout fu corrociez :
« Or vos estuet que à la cort diiez
Ce que veü avez, rien ne taisiez.
Se vos nel dites, à mort serez jugiez. »

Ce dist li Rois : « Dites que vos savez. 11.55
Se vos nel dites, vos serez decolez,
Tant puissiez vos ne fremir ne trembler. »

Lors comença li Chapeliers à dire : 11.56
« Mout povre sui, la Vostre Merci, Sire,
Comencié n'oi à mangier mes rostïes,
Si n'oi beüe ma chaude eve bolie –
Pas n'a passé uit jorz o dis o quinze –
Et si menües devienent les rostïes – »

« Tot comença o resoneïz d'aire – » 11.57
« Resoneïz de coi ? Par mon poing destre »,
Ce dist li Rois ; d'ire ot la face perse.
Li Chapeliers li respondi : « Par l'aire

Començа ce. » « Mais ce est chose aperte,
Resoneïz comence par une R ! »
Respont li Rois, qui ne s'en sorit gaire.

Ce dist li Rois : « A et B ne sai mie ? *11.58*
Creez vos ce ? Or nos devez redire
Que vos savez, pas ne vos escondites ! »
Atant reprist li Chapeliers à dire :
« Mout povre sui, se Dieus me beneïe. »

« Vostre merci, Sire, mout povre sui, *11.59*
Et aprés ce resonoient li plus
Des choses là –, mais que li Oreilluz
Dist – » « Pas nel dis ! » s'escrie li suens druz,
Mie ne tarde. Lors li a respondu
Li Chapeliers : « Si feïstes, mauduiz ! »
« N'est mie voirs ! » ce dist li Oreilluz.

Lors dist li Rois : « Il dit que pas nel dist : *11.60*
Pas n'escrivez ce qu'ambedui ont dit. »
Li Chapeliers redist : « Se Dieus m'aït,
Cui qu'en poist a li petiz Lirons dit – »

Il se regarde, que peor a ; savoir *11.61*
Veut del Liron s'il dira : « Ce n'est voirs. »
Mais forment dort, et rien ne dit li Loirs.

Li Loirs dormoit, et rien ne respondié. *11.62*
« Et aprés ce », redist li Chapeliers,
« Autres rostïes repris gié à trenchier – »

Lors demanda li uns des jureors : *11.63*
« Que dist li Loirs ? Ice savoir volons. »
Li Chapeliers, il lor fist cest respons :
« De ce nem puet membrer, par saint Simon. »

« Par saint Remi, de ce ne me sovient. » *11.64*
Respont li Rois : « Remembrer vos covient
Ce que il dist senz point de delaiier. »

Li Rois li dist : « Vos nos devez redire *11.65*
Que li Loirs dist. Je vos ferai ocire
Se vos nel faites, nel mescreez vos mie. »

Li Chapeliers, qui est destroiz et maz, *11.66*
Lait sa rostie cheoir et son hanap.
Li Rois se tot, li Chapeliers parla.

« Vostre Roial Merci, uns povres om *11.67*
Sui gié. » À terre avoit mis un genoil.
Ce dist li Rois : « Povre est vostre raison. »

Quant cest mot ot, mout forment s'en envoise *11.68*
Et s'en fait liee une des dos mostoiles,
Et li bedel la vont esteindre en oire.
Esteignement en font, et cele acoise.

Entenduz n'est de toz « esteignemenz », *11.69*
Si le vos vueil cler faire. Oez coment
Il esploitierent. Un sac qui mout fu granz
Et lez avoient. La teste metent enz
De la mostoile, son cors botent avant.

De toile ert faiz li sas, fort et novele. *11.70*
La boche lïent del sac d'une cordele
Et sor le sac s'assieent quist à terre.
Lors dist en soi la Nobile Pucele :
« Mout liee sui qu'esteindre vi la beste.
Oïes ai soventes foiz noveles
Que n'entendisse por tot l'or de Tudele. »

« Soventes foiz ai noveles oïes, *11.71*
Ses aportoient message des assises
Et si disoient qu'à la fin del juïse
'De tex i ot qui lor paumes batirent,
Que lié estoient, mais demanois lor firent
Esteignement li bedel par maistrie',
Et jusque ci nes entendoie mie. »

Ice pensa la Pucele au Vis Cler. *11.72*
« Se n'en savez conter, jus avalez »,
Redist li Rois. « Plus bas ne puis aler,
Ja sui à terre, de che n'estuet doter,
Se il vos plaist, je me doi relever. »

« À terre sui, s'estuet que je relief *11.73*
Se il vos plaist », ce dist li Chapeliers.
« Donc poez jus seoir », li respondié
De la Reïne li Mariz au Vis Fier.
L'autre mostoile se prist à envoisier,
Ses paumes bat et fiert de ses dos piez ;
Lors fu esteinte, de verté le sachiez.

La mostoile est esteinte et si est coie. *11.74*
Alis pensa : « Si finent les mostoiles !
Or porrons mieuz esploitier, c'est la voire. »
Li Chapeliers a dit : « Mieuz ameroie
M'eve fenir et o rostïes boivre. »

Que qu'il parloit, il fu mout angoissos, *11.75*
Vers la Reïne jeta ses ieuz andos ;
Ele lisoit les nons des chanteors.

Ce dist li Rois : « D'issir vos doing congié. » *11.76*
Lors s'en parti li dolenz Chapeliers ;

De la cort cort, que pas n'i atendié,
Plus tost s'en va que ne vole espreviers,
Onc ne li lut ses noirs solers chaucier.
« Quant fors sera, son chief devez trenchier »,
Dist la Reïne, qui pas ne l'avoit chier ;
À un bedel le dist qui ert maniers,
Mais ainz qu'à l'uis peüst neïs tochier
Plus n'ert veüz li isneaus Chapeliers.

Li Chapeliers est ainsi esvaniz. *11.77*
Lors dist li Rois : « Faites avant venir
Cel qui seconz tesmoinz doit estre ci ! »

Et cil tesmoinz, ce ert por la Duchoise *11.78*
Cele qui cuit au feu mangier et boivre.
En sa main tint la boiste ò el met poivre.

Ainz qu'en la cort entrast o poivre et sel, *11.79*
Genz oïssiez qui à esternüer
Pres de l'uis pristrent, qui ert et hauz et lez.
Lors sot la Tose au Gent Cors Onoré
Que ce fu el, c'est fine verité.
Ce dist li Rois : « Taire ne vos devez,
Or vos estuet dire que vos savez. »

Cele qui sieut atorner le mangier *11.80*
Li respondi : « Par mon orin cuillier,
Nel ferai mie, à cheler nel vos quier. »

Quant ce oï, mout fu li Rois ainsos, *11.81*
Vers le Conin jeta ses ieuz andos,
Et cil li dist, qui parla à bas ton :
« Vostre Roial Merci, de cest tesmoin
Devez vos, Sire, encerchier toz les poinz. »

Li Blans Conins ot parlé à voiz basse. *11.82*
Quant li Rois l'ot, si fait chiere mout mate,
Plore des ieuz, tire sa blanche barbe.

Lors dist li Rois : « La force paist le pré. » *11.83*
Atant croisa ses dos braz sor son pez,
Et vers celi qui doit char atorner
Garde en fronçant ses sorciz sor son nés.

Li Rois fronça ses sorciz durement, *11.84*
Pres esvani sont si ueil à itant.
Del plus parfont del piz fist cest demant :
« De coi sont faites tartes, par saint Jehan ? »
Cele respont ilors : « Se Dieus m'ament,
Li plus des tartes est poivres, ne vos ment. »

« Li plus est poivres, ne vos en quier mentir. » *11.85*
« C'est recolice », oï l'en derrier li ;
Someillose ert la voiz qui ce ot dit.

Tres li ot on oï : « C'est recolice. » *11.86*
« Empoigniez moi cel Loir », brait la Reïne.
« Or soit la teste del Loir del bu partie !
Cil Lirons soit jetez fors des assises !
Esteignement en faites mout orrible !
Sa pel devez pincier ! Tirez sa crine !
Si grenon soient arrachié à martire ! »

Que qu'il chaçoient de la cort le Liron, *11.87*
Lors veïssiez desrengier tanz barons,
Et tantes dames jesir en pasmaison :
En la cort ot mout grant comocïon.

Ainz que la cort se fust aperceüe, *11.88*
De pasmaison garie et revenue,
Cele lor ot emblee sa veüe
Qui tote jor char et oignons menuise.
Voit ce li Rois, plus ne fait chiere oscure.

Li Rois voit ce et plus n'est entrepris. *11.89*
« Cui chaut ? » dist il. « Faites avant venir
Le tierz tesmoin que nos devons oïr. »

Mout bas redist li Rois à la Reïne : *11.90*
« De ce tesmoin, par foi, ma douce amie,
Devez les poinz encerchier tot à tire.
Quant ce m'estuet faire par moi meïsme,
Li fronz me dieut, si suefre grant martire ! »

La Franche Tose esgarda le Conin. *11.91*
Cil reverchoit enz en son parchemin,
Trover voloit toz les nons enterins.

Mout li tardoit de savoir quiex seroit *11.92*
Cil qui parler devant la cort devoit.
« – Car pro ne sevent encor », dist ele en soi.

La Tose oreille et ot à la parfin *11.93*
La foible voiz flajolant del Conin :
Com plus haut puet le nom du tesmoin lit.
Tote baïve en fu, ce vos afi,
Quant ele oï le suen nom : « Aalis ! »

Quant Aalis ot oï le suen nom, *11.94*
Mout s'esbaïst de ce qu'ele est tesmoinz,
Mais pas n'en groce, cui qu'en poist ne cui non :
Merveilles fist la Pucele au Cler Front
Com vos orrez ainz que soleuz resconst.

Chapitre XII

Ci orrez d'Aalis quiex tesmoinz fu

Quant Aalis ot le suen nom oï, 12.1
Si s'escrïa : « Je vieng ! » Mis en obli
Avoit la Tose qu'ele ot forment grandi
Novelement, ne l'en pot sovenir.

Devenue ert mout grant en poi d'espace, 12.2
Mais tant estoit torblee en son corage
Ne l'en sovint nïent, n'est mie fable.

Plus tost sali la Noble Tose en piez 12.3
Qu'aloe es chans quant abai ot de chien.
El est mout grant, mais ne li en sovient.

Sus saut Alis ; à l'orle de sa cote 12.4
Verse la Tose des jureors la loge.
Mout a de genz qui soz eus sont encloses :
Enz en la sale a clers et lais à flotes.

Desor lor chiés versent li jureor, 12.5
Cil chiet à denz et cil à paumetons,
Et tuit envers rechieent cil baron.
Remembrant fu Alis d'un vés reont
Qu'ele ot versé o ses orins poissons.

Le vés versa o ses poissons orins 12.6
L'autre semaine, que trop li mescheï :
A terre jurent li poissonet petit.
« Pardon vos quier ! » s'escrïa Aalis.
Esmaiiee est la Tose de grant fin,
Les jureors prent en haste à coillir.

Esmaiiee est Alis à desmesure 12.7
Qu'il li sovient de la mesaventure
Qui li avint, qui tant fu pesme et dure,
Quant li poisson orin à terre jurent,
Qu'ele ot brisié le vés ò noer durent.
Si li sembloit, mais n'en ert bien seüre,
Que les barons deüst senz atendue
Oster des testes chauves o chevelues.

Enz en lor loge devoit les jureors 12.8
Remetre ariere, si lor feïst secors,
Car senz s'aïe morroient li baron.
Ice pensoit la Pucele au Cler Front.

Lors dist li Rois (ses tons n'ert envoisiez) : 12.9
« Nos ne poons icest plait traire à chief
S'en lor droiz lieus ne sont remis arier
Tuit li baron. » « Tuit », dist il de rechief.
Mout fort le dit, si a le cuer irié,
Alis regarde, mie ne s'en fait lié.

La Tose esgarde la loge as jureors. *12.10*
La Laisardete, si ot les piez amont :
El l'ot botee la teste vers le fonz ;
Trop se hasta, si fist grant mesprison.

Mal esploita la Pucele au Cors Gent. *12.11*
Sa coe muet li las Laisarz dolenz,
Son bu ne puet movoir ne tant ne quant.

Fors de la loge le sache Alis vïaz 12.12
Et li remet son foible chief en haut.
Si dist en soi : « Mais tot ice, que vaut ? »

« Autant vaudroit el plait, au mien cuidier, 12.13
Se il dreçoit encontremont son chief
Com s'il tenoit haut en l'air toz ses piez :
Plus sote beste n'a jusqu'à Monpellier. »

Li jureor furent tuit estoné 12.14
Quant versé furent. Or sont revigoré
Et auques ont lor pooir recovré.

Cil qui aval dedenz la sale estoient 12.15
Ont par tot quis lor bastonez de croie ;
Trovez les ont o lor tables d'adoise,
As jureors les rendirent en oire.

Au mieuz qu'il porent pristrent lors li baron 12.16
À deviser o lor petiz bastons
Le grant meschief qui tant fu perillos
Qui avenuz lor ert enmi la cort.

Li doze escrivent trestuit fors le Laisart, 12.17
Que cil sembloit estre si las et maz
Qu'il ne pooit fors muser par solaz.
Oez, seignor, coment il se prova !

Tant sembloit li Laisarz de vigor blos, 12.18
Rien ne peüst faire se seoir non
Gole baee en regardant amont
Les soliveaus et le toit de la cort.
« Aalis », dist li Rois, « que savez vos
De cest afaire dont nos nos debatons ? »

« Nïent », li dist la Pucele au Cler Front.
Redist li Rois : « Nïent ? Par mes grenons ! »
Atant respont la Tose as Cheveus Blonz :
« Nïent n'en sai, cui qu'en poist ne cui non. »

Ce dist li Rois : « Ce est notable chose. » *12.19*
Que qu'il parloit, sis torne vers la loge
As jureors. Et icil pristrent lores
En lor tabletes à couchier ses paroles.

Ront la parole au Roi li Blans Conins, *12.20*
Umblement dit : « Vostre Roial Merci,
Vos entendez nonnotable, de fi. »
Que qu'il parole, si fronce les sorciz
Et fait la moe au Roi entre tandis.
Pas ne tarda li Rois, si respondi :
« Je entendoie nonnotable, de fi. »
« Notable – nonnotable », bas redist,
Et « nonnotable – notable », a avant dit.
Quant ce disoit, lors vos fust il avis
Qu'il esprovast quiex moz ert à oïr
Plus delitables, ne vos en quier mentir.

Li jureor ne sevent que eslire. *12.21*
De tex i a qui « nonnotable » escrivent,
Et li auquant « notable » es tables mistrent.

La Franche Tose pooit ce percevoir : *12.22*
Pres d'eus estoit, sor lor tables veoit.
« De ce, cui chaut ? » dist Aalis en soi.
Senz respitier avoit escrit li Rois
En son livret. Lors crïa : « Soiiez coi !
Si vos dirai une hautisme loi. »

« Or vos lirai icele loi hautisme ; 12.23
Si la trovons el carante et deusime
Point, bien la voi senz point de mes bericles. »

« *Tuit cil qui sont plus de vint arpenz lonc* 12.24
Doivent errant soi partir de la cort. »
Tuit esgarderent la Pucele au Cler Front,
Qui dist : « Pas n'ai vint arpenz de hautor. »
« Si avez », dist li Rois, « par mon menton ! »
Lors a redit sa felonesse oissor :
« À poi n'avez trente arpenz de hautor. »
« N'en partirai por un mui de mangons »,
Respont Alis, « et si n'est par enson
Ceste loi droite, par toz les sainz del mont ! »

Ce dist Alis : « N'est droite ceste loi, 12.25
Novelement la trovastes, par foi !
De ce sui certe. » Lors respondi li Rois :
« Pas n'a el livre plus anciiene loi. »
« Donc deüst ele estre la prime loi »,
Dist Aalis, « cui qu'en griet ne cui poist. »

Quant li Rois l'ot, si teint et empalist, 12.26
Hastivement clot son livret petit,
Tremble sa voiz, as jureors a dit
Bassetement : « Or dites vostre avis. »
Mie ne tarde nostre Tres Blans Conins,
Sus saut et dit : « Vostre Roial Merci,
Aucune prueve est encore à venir.
Par terre a l'on cest fueil de parchemin
Novelement trové, et on l'a pris. »
« Savoir volons ce qu'on i a escrit »,
Dist la Reïne. Li Conins respondi :
« Encor ne l'ai overt, mais bien m'est vis

Ce soit uns briés ; li prisons l'a escrit
À – à aucun, je le sai tot de fi. »
« Ce avra fait, se il ne l'a escrit
À aucun ome qui ne soit mie vis »,
Ce dist li Rois, « de ce soiiez tuit fi. »

Li Rois a dit : « Ce n'avient pas sovent, *12.27*
Bien le savez, por voir le vos crëant. »
Atant fist uns des barons un demant.

Dist li jurere : « À cui est envoiiez *12.28*
Li petiz fieuz que ci veons ploiié
Enz en la main del Blanc Conin Prisié ? »
Quant il l'oï, li Conins respondié :
« Nul nom n'i a par defors sor le brief
Et à nului nel doit on envoiier. »
Que qu'il parloit s'a le fueil desploiié
Et si redist : « Por voir n'est ce uns briés,
Ainçois sont vers en rime bien ditié. »

Atant demande uns des autres barons : *12.29*
« Encor nos dites, li vers que ci veons,
Sont il escrit de la main del prison ? »

« Furent li vers par le prison escrit ? » *12.30*
Lors respondi li Blans Conins : « Nenil.
Et c'est la rien de coi plus m'esbaïs. »
(Par semblant furent li doze tuit baïf.)
Lors dist li Rois : « Quant il les vers escrist,
Si contrefist les letres, ce m'est vis. »
(Lors resclarcirent as doze tuit li vis.)
Dist li Vaslez : « Vostre Roial Merci,
Les vers que ci veez n'ai mie escriz,
Et nus ne puet prover que je les fis,

Que point n'i a de nom en la fin mis. »
Quant il l'oï, li Rois li respondi :
« Se vostre nons n'i est, or revaut pis. »

« Si revaut pis, se Dieus me beneïe ! *12.31*
Par ma corone, aucun mal entendistes »,
Ce li a dit l'Espos de la Reïne.

« Vos entendistes grant mal, se Dieus m'aït. *12.32*
De ce sui gié cerz et seürs et fiz,
O vostre nom eüssiez en la fin
Escrit come om qui n'a le cuer frarin. »
Quant ice oent, li grant et li petit
Batent lor paumes : ore primes a dit
Li Rois un mot sené à icel di.
Dist la Reïne : « Les vers a il escriz,
C'est bien prové. Or li doit on tolir – »
« Rien n'est prové par tant ! » dist Aalis.

Redist Alis : « Avoi ! Ne savez dire *12.33*
Nes point de coi est des vers la matire ! »
Lors dist li Rois : « Vos les nos devez lire. »
Li Conins mist sor son nés ses bericles.

Sor son nés mist li Conins ses beriz, *12.34*
Si demanda : « Vostre Roial Merci,
Ò doi je lire el fueil de parchemin ? »

Pas ne sorist li Rois, bien le sachiez. *12.35*
Au Blanc Conin parla, si respondié :
« Au chief des vers devez vos comencier. »

Ce dist li Rois, c'est fine verité : 12.36
« Jusqu'à la fin devez vos senz cesser
Lire les vers, et lors plus ne lirez. »

Quant oï orent ce que dit ot li Rois, 12.37
Trestuit se tindrent en la cort mu et coi.
Et li Conins, si lor lut demanois.

« Dit m'ont que chiés li feïstes estee, 12.38
À lui distrent qu'illuec estoie :
El dist qu'ere d'une gent onoree,
Mais que je noer ne savoie. »

« Il lor a dit que je ci remanoie 12.39
(C'est voirs, que bien le savons nos) :
S'ele enqueroit et ne se tenist coie,
Coment avendroit il de vos ? »

« Li donai une et lui donerent dos, 12.40
Nos en donastes trois o plus ;
De lui revindrent trestotes à vos,
Et si erent moies par us. »

« S'il avenoit que je o ele aiiens 12.41
Part en ces encriemes felons,
Cerz est que eus jeterez de liiens
Tot ainsi com nos estïons. »

« Sachiez de voir, sire, qu'au mien cuidier 12.42
(Ainz qu'el li feïst si grant lait)
Feïstes vos enui et encombrier
Entre lui et nos et cel fait. »

« Pas ne li dites qu'el les amoit mieuz, 12.43
Que toz jorz mais doit ceste riens
Remaindre close et celee à toz ieuz
Fors sol as vostres et as miens. »

Quant li Conins ot le foillet leü, 12.44
« Onques n'oïmes prueve qui plus fort fust »,
Ce dis li Rois, « mentir ne vos en puis. »

« Onques n'oïmes prueve qui fust si fort », 12.45
Ce dis li Rois, et ensemble froiot
Andos ses mains, que mout grant joie en ot.

Liez ert li Rois, « Par saint Pere de Rome, 12.46
Li jureor – » Lors dist la Franche Tose :
« Se nul i a qui le foillet espondre
Sache por voir, lors trairai de ma borse
Sis maailletes, si les avra par conte. »

(De novel ert la Pucele si grant 12.47
Que ele n'ot peor ne tant ne quant,
Au Roi rompi la parole erranment.)
« Si com je croi, n'a senefiement
Nes un el fueil, par le cors saint Florent ! »

Quant il l'oïrent, trestuit li jureor 12.48
Pristrent lor tables et lor petiz bastons
Fors la Laisarde qui ot perdu del tot
Son bastonet, que por voir le set on.

Atant escristrent li jureor vaillant : 12.49
« Si com el croit, n'a senefiement
Nes un el fueil, par le cors saint Florent ! »

« Rien n'espeaut il, par sainte Radegonde ! » *12.50*
Mais tote voie n'i ot nului des doze
Qui essaiast à l'escriture espondre.

Ce dist li Rois : « Se rien ne senefie, *12.51*
N'estuet enquerre ce que cil voloit dire
Qui le foillet escrist, c'est verté fine.
Et por itant n'irons en cel martire. »

« Et tote voie, qui set ? » redit li Rois *12.52*
Que qu'il estent les vers à ses dis doiz
Sor son genoil ; ses esgarde manois
D'un des ses ieuz. « Qui en vousist le voir
Dire, je cuit qu'en eus porroit avoir
Senefïance aucune, en moie foi. »

« Senefïance i porroit on trover », *12.53*
Ce dist li Rois, « ja mar en doterez.
'– *Que je noer ne savoie* –' Noer
Ne savez, n'est ce voir ? » Si s'est tornez
Vers le Vaslet. Cil est desconfortez,
Son chief crola dolenz et abosmez.
« À mon semblant », dist il, « puis je noer ? »

« Porroie je noer ? » dist li Vaslez. *12.54*
(De parchemin estoit toz ses cors faiz :
Ne vos fust vis que il noast ja mais.)

Respont li Rois : « Tot est bien jusque ci. » *12.55*
En soi murmure les vers que li Conins
Avoit leüz del chief jusqu'en la fin.
« '*C'est voirs, que bien le savons nos*' », dit il.
« Li jureor sont ce, jel sai de fi – »

« '*S'ele enqueroit et ne se tenist coie*' – 12.56
C'est la Reïne qui tant par est cortoise,
Plus gente n'a jusqu'as rives del Toivre – »

« '*Coment avendroit il de vos ?*' – De vos, 12.57
Qu'avendroit il ? Zat is ze questïon ! –
'*Li donai une et lui donerent dos*' –
Ç'avra il fait des tartes et flaons,
N'en dotez mie, sel sachiez à estros – »
« Mais », dist Alis, « cest vers aprés lisons :
'*De lui revindrent trestotes à vos*'. »

« Mais eles sont ici ! » ce dit li Rois, 12.58
Mout se fait cointe et baut, si mostre au doi
Les beles tartes qui sont desor le dois.
« C'est droite prueve, plus enquerre ne doi. »

« '*Ainz qu'el li feïst si grant lait*', lit on 12.59
Encor – je cuit que ne feïstes onc
Lait à nului, amie, douce flor. »
À la Reïne ot ce dit ses Espos.
« Onques nel fis ! » dit el. Par grant corroz
Giete un cornet si come ele respont.

Le cornet d'enche jeta à la Laisarde. 12.60
(Plus n'escrivoit Pepins desor sa table
À un suen doi, que neïs une trace
N'i pot laissier la bestete musarde.)

(Apercevoir le sot bien li chaitis ; 12.61
Ne tarda mie, à escrire reprist
De l'enche noir degotant sor son vis.
Tant come il dure de celui enche escrit.)

Ce dist li Rois : « Tres plus douce de lait *12.62*
Vos ai trovee, amie, et por ce lait
On à redire cel vers, trop i a lait. »

Que qu'il parloit, aval la cort gardoit *12.63*
Et sorïoit. Tuit furent mu et coi.
Iriez en fu mout durement li Rois

Müet et coi furent grant et petit. *12.64*
« O les moz ai joé, si doi oïr
Les vostres ris, pas ne devez taisir ! »
Ce dit li Rois, si s'est enfeloniz.
Lors rïent tuit. « Or covient que l'avis
Des jureors oiiens. » À icel di
Avoit li Rois bien trente foiz requis
Que li baron deïssent lor avis.

Dist la Reïne : « Pas nel feront ainsi !
Primes doit on jugier qu'il soit ocis,
Aprés diront li baron lor avis. »

À haute voiz prist Aalis à dire : *12.65*
« Sotes paroles ! Car jugier à ocire 5325
Ne doit on mie ainz que lor avis dïent ! »
Quant ele l'ot, si respont la Reïne :
« Coie tenez vostre langue, meschine ! »
Plus devint roge qu'escrevice bolie.

Come charbons fu la Reïne roge. *12.66*
« Pas nel ferai ! » li respondi la Tose. 5331
Brait la Reïne, de crïer n'est saole :
« Or faut qu'el soit orendroit del chief blose ! »
Bien l'ont oïe trestuit, mais nus ne bouge.

Tuit l'oent bien, mais nus ne se remue. *12.67*
Or est Alis grant et haute et corsue 5336
Come ele ert ainz qu'el pertuis fust cheüe.
« De vos, cui chaut ? » dit la Tose Esleüe.

Dist Aalis : « Cui chaut ? Par saint Lambert, *12.68*
Vos n'estes rien fors un tas de foillez ! » 5340
Atant s'en vole trestoz li tas en l'air,
Puis chiet sor li ; lors a un petit brait,
Auques s'esfroie et auquetes s'iraist,
Ariere veut chacier cel moncelet.

Atant se trueve gisant desor la rive. *12.69*
Dedenz l'escorz sa seror est sa crine. 5346
Cele li oste doucement des sorcilles
Les fueilles mortes qui des branches hautismes
Erent cheües sor sa face rosine.

Fueilles cheoient et sa suer les ostoit. 12.70
« Chiere Aalis », dist ele, « esveille toi !
Que plus lonc some ne vit on jusqu'à Blois ! »

« Some plus lonc ne vit on jusqu'à Londres », 12.71
Ce dist sa suer, « par toz les sainz del monde ! »
« Je ai songié un mout estrange songe ! »
Dist Aalis. À sa seror le conte.

Au mieuz qu'el pot li conta la Meschine *12.72*
Les Aventures que vos avez oïes
Novelement en la chançon polie.
Tant sont estranges que tote en est baïve.

Quant Aalis se taist, sa suer la baise ; *12.73*
Si dit : « Estranges estoit li songes, certes,
Mais haste toi, que il est ja bas vespre,
D'eve o tostees covient que tu te paisses. »

Donc se lieve Aalis et si s'en cort, *12.74*
Et en soi pense endementre qu'el cort,
Au mieuz qu'el puet, qu'un songe merveillos
Avoit songié, pas ne fu enoios.

Ainsi se mist Aalis el repaire. *12.75*
Mais coie sist la suer à la Pucele ;
Ele tenoit sa main à sa maissele
Et esgardoit le soleil qui al vespre
Se resconsoit tres les nües vermeilles.
Toz ses pensez ert en la Meschinete.

Il li sovient des beles Aventures *12.76*
Qu'ele trova, qui merveilloses furent,
À songier prent un songe qui mout dure.

Ses premiers songes fu d'Aalis meïsme *12.77*
Qui derechief nooit ses mains petites
Sor son genoil ; la Nobile Meschine
Jetoit ses ieuz plus clers d'une verrine
Qui tote rien à veoir tant desirrent
Enz en ses ieuz, ce est verité fine.

Bien puet oïr de sa voiz le douz son, 12.78
Bien puet veoir come un petit escot
Estrangement son chief si qu'ele tort
De sa veüe ses cheveus qui toz jorz
Vuelent entrer en ses ieuz à larron.

Mais si come ele escoutoit par semblant 12.79
(Ele escoutoit, espoir, veraiement)
Tot entor li devint li lieus vivanz.

Toz pleins de vie ert li lieus entor li. 12.80
Les crïatures estranges qu'Aalis,
Sa suer petite, en son bel songe vit
Erent iluec, ne vos en quier mentir.

Les crïatures sont totes entor lié. 12.81
Les longes erbes fremissent à ses piez
Com li Conins s'en cort par le sentier.

Li Conins cort, si fremissent les erbes. 12.82
Esclate l'eve enmi l'estanc de lairmes
Qui prochains est, que la Soriz ne cesse
De noer là ; mout est à grant malaise,
Grant peor a, ce reconte la geste.

Si puet oïr les copes retentir 12.83
À coi li Lievres de Marz et si ami
Boivent chaude eve et manjüent tandis
Burre o rostïes, que ja ne prendra fin
Li lor mangiers por tot l'avoir de Tyr.

Si ot encore la Reïne qui crie 12.84
Et qui de toz va perçant les oïes :
Ses ostes veut qu'on meint fors et ocie.
Mar furent né li las qui à cort vindrent !

Sor le genoil la Duchoise ot encor *12.85*
Le porc-enfant qui esternue fort ;
Granz escrois font entor lui platel ort
Qui chëant vont o pichiers et o poz
Et escüeles, ce est granz desconforz.

Autre foiz ot le hisdos cri del Grif *12.86*
Et le baston de croie de Pepin
Qui toz tens croist quant en sa table escrit.

Del baston ot le crüel croissement. *12.87*
S'ot les mostoiles en lor esteignement,
Andos aleinent trop dolorosement.

L'airs toz entiers est empliz de ces sons *12.88*
Qui as sangloz se meslent griés et lons
De la Tortue plorant à granz boillons ;
Mout sont pitos, auques loing les ot on.

Ainsi remest sëant la suer Alis. *12.89*
Si tenoit clos les beaus ieuz de son vis.
À poi ne cuide qu'el Merveillos Païs
Soit el por voir ; mais nes estuet qu'ovrir,
Et bien set ele qu'estre ne puet issi.

Se ele ovroit ses ieuz tant solement, *12.90*
Tot devendroit pale come ert devant :
Fremir feroit les erbes sol li venz,
Ondee avroit legiere sor l'estanc,
Si l'esmovroient li rosel baloiant.

Plus n'orroit ele les copes retentir *12.91*
À coi bevoient li Lievre et si ami,
Si devendroient clochetes de brebiz.

Ne plus n'orroit la Reïne et ses criz,
Ainçois orroit d'un pastorel petit
La clere voiz el pendant d'un larriz.

De l'enfançon li esternüemenz *12.92*
Et del Grifon li braiz mout hauz et granz,
Tant hu estrange, tant glas, tant noisement,
Ce devendroit la noise que menant
Vont tuit ensemble gelines pasturant
Enz el porpris del riche païsant.

Bien savoit qu'ele orroit cos et paons *12.93*
Avuec gelines et anes en la cort.
Et plus n'orroit les sangloz griés et lons
De la Tortue qui ploroit à boillons,
Ainz orroit bestes qui muient auques loing,
Vaches, genices, veeaus, bués cras et lorz.

À la parfin peint ele en soi meïsme *12.94*
Come une dame sa seror mout petite :
Toz jorz avroit le cuer et tendre et simple
Come en s'enfance ; vasletons et meschines
Aüneroit entor li à delivre,
Lor ieuz feroit plus clers d'une verrine.

Les ieuz avroient ententis et luisanz *12.95*
Quant il orroient mainte estoire plaisant
Et mout estrange qu'el lor iroit contant.

Neïs le songe del Païs Merveillos *12.96*
Lor retrairoit, espoir, qui tant fu lons ;
Songié l'avroit pieç'a, bien le savons.
Douce et pitose seroit as enfançons
Quant il plorroient irié et doloros,

Si s'esjorroit s'el les trovast joios
(D'un grant nïent avroient grief dolor
Et joie avroient à petit d'ochaison).

O enfançons mandroit la Damoisele. *12.97*
Sovendroit li del tens de sa jonece,
Et des beax jorz d'esté pleins de leece.

Ci faut la geste de la Franche Pucele.

Glossaire

Le Glossaire ne comprend que ce je crois être hapax, régionalisme lexical, ou première attestation. Pour ce dernier cas, je prends comme base chronologique la date du manuscrit (1277), qui est assurée, et non la date présumée de composition. Je m'appuie en particulier sur les ouvrages suivants[1] : ANDEl, DEAFBibl*él*, DEAF*él*, DEAF*pré* (tous quatre dans leur état du 15 août 2016), Déct (version de décembre 2014), DMF2015, FEW, Gdf, GdfC, Mts, TL, TLF ; la mention « les dictionnaires » réfère exclusivement à cet ensemble. Concernant les premières attestations, j'ai exclu des mots comme *vegetableté* 3812 qui pourraient en être, mais où je n'ai pu pousser mes recherches ; mais j'ai introduit des lexies accompagnées de mentions telles que « semble une première attestation » à propos desquelles je suis presque sûre qu'il s'agit bien d'une première attestation, sous réserve de vérifications dans les traditions manuscrites. On doit noter que sont entrés des mots employés spécifiquement comme noms propres dans *Aalis* (cf. **Oreillu**), parce qu'ils répondent aux critères de sélection ; je traite exceptionnellement des mots ne répondant pas aux critères de sélection parce qu'ils sont étroitement liés à des occurrences qui y répondent (cf. **arcevesque**).

Chaque lemme est écrit dans la graphie du copiste (passablement régulière) ; les verbes sont entrés à l'infinitif, les noms et adjectifs au cas régime singulier (masculin pour les adjectifs) ; les crochets droits encadrent des formes qui ne se trouvent pas dans le texte ; – les marques de caractère régional à l'époque du texte sont celles de Mts, et suivent l'ordre dans lequel les énumère Mts ; quand elles proviennent d'une autre

1 Les sigles de dictionnaires, de périodiques et d'ouvrages utilisés dans le Glossaire sont ceux du *Dictionnaire étymologique de l'ancien français* (DEAF).

source, je suis l'ordre d'énumération de cette source, laquelle est indiquée ; je n'ai pu utiliser le recueil *La régionalité lexicale du français au Moyen Âge* rassemblé par M. Glessgen et D. Trotter (2016) ; – les tours schématisés sont écrits dans la graphie du copiste ; ils sont encadrés de crochets droits s'ils ne se trouvent pas textuellement dans *Aalis* (cf. [*joer au mail*] sous **mail**) ; – la lettre « P » avant une référence renvoie au poème liminaire ; – la construction des verbes est rarement indiquée ; – le signe « ° » après la référence signifie que le mot ainsi référencé est en fin de vers ; – les définitions tirées d'un dictionnaire spécifique sont suivies du sigle de ce dictionnaire ; – quand un relevé d'occurrences n'est pas complet, cela est toujours signalé, par différents moyens.

agacier verbe (anglo-normand, normand) 170°, 2467° 'causer beaucoup de désagrément à'.

ainsos adjectif (Ouest) 934°, 1061°, etc. (9 occurrences) 'anxieux'.

arcevesque nom 3583 'archevêque' : voir **chien**.

arson nom (anglo-normand, Ouest) 1634° 'action de déclencher un incendie' dans [*faire arson*].

[**asuré**] adjectif 1803, 1842, 1884, 1903° 'couleur d'azur' (première attestation).

avisonques adverbe 3230, 4787 'à peine' (anglo-normand, Ouest et Est, cf. Br. Woledge, MélFrappier, 1145).

baïf adjectif (normand, anglo-normand, tourangeau, poitevin, orléanais selon G. Roques, RCritPhR 4-5, 133) 1150°, 1319, etc. (15 occurrences) 'stupéfait'.

[**bericle**] nom ; à l'origine 'béryl (pierre précieuse)' ; ne se réalise que dans *bericles* pluriel 4757°, 5113°, 5191° par métonymie 'lunettes' (première attestation de ce sens).

[**beril**] nom ; à l'origine 'béryl (pierre précieuse)' ; ne se réalise que dans *beriz* pluriel 4649°, 4653, 5192° par métonymie 'lunettes' (première attestation de ce sens).

[**bougier**] verbe 4369° pronominal (première attestation de cet emploi), 5334° intransitif 'se déplacer, remuer'.

cameline nom 3703° 'sorte de sauce brune très épicée' (Mts) (première attestation comme nom).

cessement nom 995° 'cessation, fin' (première attestation).

chaline nom (anglo-normand, Ouest) 16°, 543°, 2349° 'chaleur'.

chaut adjectif passim ; je traite exclusivement *chaut pas* : voir **pas**.

chien nom passim 'chien (mammifère)' ; *Un arcevesque puet esgarder uns chiens* 3583°, première attestation, sous une forme un peu différente (mais est en jeu un Chat de Canterbury !), de *Un chien regarde bien un évêque*.

cinc numéral passim 'cinq' ; *reçoivre Cinc sor cinc* 3831 'comprendre parfaitement' (première attestation de la locution) ; *Cins* 3202°, etc. (8 occurrences), *Cinc* 3254 'Cinq' (personnage d'*Aalis*).

coing nom 2762 'coin, angle' ; *o un ueil en coing* 4272° 'en jetant un regard de travers' (locution absente des dictionnaires).

col nom 1391, 1867, etc. (14 occurrences) 'partie amincie du corps qui, chez les vertébrés, unit la tête au tronc' (TLF) ; 296° 'partie étroite et allongée (ici, d'une *fiole*)' (semble la première attestation de ce sens).

confiture nom 75 'préparation de fruits faite pour se conserver, confiture' (peut-être première attestation).

content adjectif 2102° 'satisfait' (peut-être première attestation).

conterresse nom 3002 'celle qui raconte' (première attestation de ce sens).

copel nom (normand, anglo-normand, picard) 2083 'sommet, cime'.

coron nom (picard, wallon) 1567 (dans la bouche d'un subalterne) 'coin, angle'.

[**corporu**] adjectif (normand puis picard) 1401° 'corpulent'.

couchier verbe 5089 transitif 'consigner par écrit' (première attestation de ce sens) ; 498 pronominal 's'étendre' ; 4094° intransitif 's'étendre (en un lit)'.

[**couper**] verbe (3 occurrences) ; je ne traite que *Les paroles coupa* 2999° 'il interrompit les paroles' (première attestation de ce sens figuré).

couteplaiier verbe 4082, 4084, 4095° 'endommager des couvertures piquées' jeu de mots avec *moutepliier* (hapax ; absent des dictionnaires).

croisiee nom 4480° semble un quasi-synonyme de *fenestre* 4487 (première attestation de ce sens).

[**desgagier**] verbe *desgage* 1949 'va-t'en' (première attestation en ce sens).

deusime numéral 5112° 'deuxième' (première attestation).

[**dodiner**] verbe 'se balancer doucement' (TLF) ; ne se réalise que dans le participe présent substantivé *Dodinant*, cf. *L'oisel i ot d'une isle en l'Ocëan, Qui pas ne vole, ainçois va chancelant ; Gros est et lenz, por ç'a nom Dodinanz* 885°, *li Dodinanz* 991°, 1013°, etc. (14 occurrences), *Un Dodinant* 886, *Dodinanz, sire* (apostrophe) 1096 (première attestation) ; personnage d'*Aalis*.

endar adverbe (anglo-normand, picard, Ouest) 454°, 627°, 1148°, 3471°, 3675°, 4682° 'en vain, en pure perte'.

erbor nom (picard) 1249° 'herbe ; prairie'.

eschipre nom (normand, anglo-normand) 702 'matelot'.

esmeraudin adjectif 2070° 'couleur d'émeraude' (première attestation de ce sens).

[**espuisier**] verbe P25 'vider complètement' ; 3036 'réduire à un affaiblissement complet' (TLF), avec jeu de mots sur *puiz* 'puits' (première attestation de ce sens, semble-t-il).

esteignement nom 4877, 4878°, etc. (5 occurrences) 'action d'étouffer (un être vivant)', 'fait d'être étouffé (en parlant d'un être vivant)' (en relation avec une créature animée, première attestation).

foilleïz nom 2081° 'feuillage' (première attestation ? Je ne puis interpréter certaines graphies de l'article *fuille* de l'ANDEl).

fort adjectif, adverbe passim ; je ne traite que *à fort* 4170° 'avec ardeur' (emploi normand).

gasteropode nom 133 'gastéropode' (première attestation).

geleïz nom 4194 semble bien signifier 'méduse (animal marin)' (première attestation).

grandir verbe 424°, 1434, 1436°, 5006° 'devenir plus grand' (première attestation).

[**grondillier**] verbe (anglo-normand, Ouest) 2855° 'gronder sourdement'.

hacheor nom 3600°, 3652° 'bourreau' (première attestation, et peut-être unique attestation en ce sens dans les dictionnaires malgré ANDEl *hachur*).

ilors, ilores adverbe (anglo-normand, normand, Ouest selon G. Roques, RLiR 77, 585) *ilors* 31, 244, etc. (14 occurrences), *ilores* 3427 'alors, à ce moment-là'.

jeu nom passim ; je traite seulement *jeu de mail* : voir **mail**.

joer verbe passim ; je traite seulement les occurrences en collocation avec *mail* : voir **mail**.

jurerie nom 4633° 'fonction de juré' (première attestation).

Laisart nom 4679°, 5052, 5072°, 5076 'lézard (petit reptile)' (notre manuscrit semble fournir la première attestation assurée de la forme masculine) ; le *Laisart* est une des désignations de *Pepin*, personnage d'*Aalis*.

langoste nom 10 titre, 4177, 4186°, etc. (16 occurrences) 'langouste (crustacé marin)' (première attestation de la forme en *n* avec ce sens).

Liron nom 2821°, 2967°, etc. (14 occurrences) 'loir (mammifère)' (aujourd'hui dans les parlers de l'Ouest à lire FEW 4, 155a ; première attestation) ; le *Liron* est un personnage d'*Aalis*.

mail nom *jeu de mail* 404, 3408, 3456 'jeu se jouant avec un maillet de bois qui sert à pousser une boule, jeu de mail' (première attestation) ; [*joer au mail*] 2265, 2269, 2654, 2657, 8 titre, *joer au jeu de mail* 3408 'jouer au *jeu de mail*' (premières attestations).

maillet nom 3459 'instrument dont on se sert pour pousser la boule au jeu de mail' (première attestation en ce sens).

maillier verbe 3493 'donner un coup dans la boule au *jeu de mail*' ; 2490° 'jouer au *jeu de mail*' (sens non attestés au moyen âge).

mineral adjectif 3802 'de nature minérale' (première attestation).

moitié nom 849, 1001, etc. (5 occurrences) 'une des deux parties égales ou sensiblement égales d'un tout' ; 3581° 'époux' (première attestation de ce sens).

mors nom 3796 'action de mordre' : voir **oisel**.

müet adjectif (anglo-normand, Ouest) 4164, 4168 'qui est privé de l'usage de la parole' (Mts) ; 5313 'qui s'abstient de parler' (DFM2015) ; *la müete beste* 765 soit 'la bête qui se tait', soit, sens non attesté dans les dictionnaires, 'la bête privée de raison', imitation de *la beste mue*.

nonnotable adjectif 5092, 5096, etc. (5 occurrences) 'qui n'a rien de remarquable' (semble manquer aux dictionnaires).

oe nom 1937, 2829° 'oie (oiseau)' ; 1526 'oie' au sens de 'personne sotte' (première attestation de ce sens).

oisel nom passim ; noter *Chascuns oiseaus tient son mors à mout bel* 3796 'tout oiseau trouve beau son coup de bec', variante non autrement attestée de *À chascun oisel son ni li est bel* ProvM 16.

[**ongier**] verbe (bourguignon, champenois, wallon) P22° 'fréquenter'.

[**Oreillu**] adjectif 'qui a de grandes oreilles' (première attestation) ; toujours dans *li Oreilluz* adjectif substantivé 2904°, 3046°, 4843°, 4847°, une des désignations du *Lievre de Marz*, personnage d'*Aalis*.

pas passim ; je traite exclusivement *chaut pas* locution adverbiale (anglo-normand, normand) 370, 392, 1759, 3378 'sur-le-champ'.

[**pichier**] nom 5416 (anglo-normand, Ouest, Sud-Ouest) 'pichet'.

[**pimpelorer**] verbe 4450° pronominal 'se parer' (avec *r* intervocalique, le verbe en ce sens n'est attesté qu'au participe passé dans les dictionnaires).

pinceïz nom 2972° 'action de pincer' (hapax ; absent des dictionnaires).

planistre nom (Ouest) 8 titre, 3455°, etc. (6 occurrences) 'vaste espace de terrain dégagé'.

plentitude nom 3136°, 3140° 'abondance, grand nombre', jeu de mots avec *plante* 3138 (hapax ; absent des dictionnaires).

pome nom passim ; je ne traite que *pomas terrines* 1518, dans la bouche du Provençal Guilhem, 1520, repris par dérision par le Conin ; *pome terrine* manque aux dictionnaires, alors que *pome de terre* se trouve en ancien français pour désigner une espèce de végétal.

[**portespine**] adjectif 3628° 'qui porte des piquants' (première attestation ; manque aux dictionnaires).

pose nom (dans l'expression de la durée est surtout de l'Ouest, cf. Br. Woledge, MélFrappier, 1145) *à chief de pose* 515, 1557, 2184, 4171° 'au bout d'un certain temps' ; emploi adverbial *une pose* 2556, *pose* 1478, 1817, etc. (8 occurrences) 'pendant un certain temps', *mout grant pose* 4164° 'pendant un long moment'.

ptiz ou [**pti**] ou [**ptit**] nom 4449° ' ?' ; ce mot de sens inconnu ne semble se retrouver que chez Mallarmé, sous la forme *ptyx*.

reçoivre verbe passim ; je ne traite que *reçoivre Cinc sor cinc* 3830° : voir **cinc**.

remediier verbe 997 'porter remède' (première attestation).

rencoler verbe 806, 2651 'ronronner' (première attestation du verbe ; sens non attesté dans les dictionnaires).

[**resconser**] verbe (Ouest) 5373 pronominal, P36°, 5003° intransitif 'se coucher (en parlant du soleil)'.

[**resternüer**] verbe 2364° 'éternuer à son tour' (sens absent des dictionnaires ; première attestation).

rible nom (Ouest) 889° 'houle'.

roget nom 4256, 4296, etc. (7 occurrences) 'rouget (poisson)' ; 4357, jeu de mots avec *blanchez* 4354 et avec le sens précédent, 'substance rouge (pour entretenir la teinte des chaussures)' (les dictionnaires connaissent 'substance rouge pour farder le visage', depuis le 14e siècle, mais non ce sens-ci).

[**sardine**] nom 4364 'sardoine (pierre précieuse)', jeu de mot avec le sens de 'sardine (poisson)' (peut-être la première attestation de ce dernier sens).

[**senefiant**] nom 3773° 'image du *senefiié*' (première attestation).

senefiié nom 3772 'concept' (première attestation).

[**serpentele**] nom 2158 'sorte de serpent' (peut-être première attestation).

sodement adverbe (Ouest) P19, 21°, etc. (12 occurrences) 'soudain'.

[**solivel**] nom 5079 'petite solive' (première attestation).

[**terrin**] adjectif 1518, 1520 'qui est sous terre' : voir **pome**.

[**teser**] verbe : *la parole toise À l'enfant* 2382° 'ces mots sont adressés à l'enfant' ; *son chief à traire toise Jus vers ses mains* 2074° 'elle s'efforce d'abaisser sa tête vers ses mains' (constructions et sens de l'Ouest).

tor nom masculin passim ; je ne traite que *Le tor de Reins* 4217 (qui semble absent des dictionnaires), *le tor de Champenois* 4218 'sorte de mouvement acrobatique dans une danse'.

Tortüel nom 4015°, 4016°, 4018°, 4023° 'jeune tortue mâle' (sens absent des dictionnaires), nom d'un personnage, jeu de mots avec *Qui tort tüeaus* 4023 'qui tord les tuyaux'.

trïaculaire adjectif 3110° 'qui produit du *trïacle*' (hapax ; absent des dictionnaires).

vïaire nom 346° 'visage' ; au sens de 'avis, opinion' « semble bien [...] de l'Ouest » (G. Roques, RLiR 46, 33) : *ce li ert à vïaire* 1699° 'telle était son opinion'.

SOURCES

Alice's Adventures in Wonderland: The Evertype definitive edition,
by Lewis Carroll, 2016

Alice's Adventures in Wonderland, illus. June Lornie, 2013

Alice's Adventures in Wonderland, illus. Mathew Staunton, 2015

Alice's Adventures in Wonderland, illus. Harry Furniss, 2016

Through the Looking-Glass and What Alice Found There,
by Lewis Carroll, 2009

The Nursery "Alice", by Lewis Carroll, 2015

Alice's Adventures under Ground, by Lewis Carroll, 2009

The Hunting of the Snark, by Lewis Carroll, 2010

SEQUELS

A New Alice in the Old Wonderland, by Anna Matlack Richards, 2009

New Adventures of Alice, by John Rae, 2010

Alice Through the Needle's Eye, by Gilbert Adair, 2012

Wonderland Revisited and the Games Alice Played There,
by Keith Sheppard, 2009

Alice and the Boy who Slew the Jabberwock,
by Allan William Parkes, 2016

SPELLING

Alice's Adventures in Wonderland,
Retold in words of one Syllable by Mrs J. C. Gorham, 2010

𐐈𐑊𐐮𐑅'𐑆 𐐈𐐼𐑂𐐯𐑌𐐽𐐲𐑉𐑆 𐐮𐑌 𐐎𐐲𐑌𐐼𐐲𐑉𐑊𐐰𐑌𐐼,
Alice printed in the Deseret Alphabet, 2014

𐐜 𐐐𐐲𐑌𐐻𐐮𐑍 𐐲𐑂 𐑄 𐐝𐑌𐐪𐑉𐐿,
The Hunting of the Snark printed in the Deseret Alphabet, 2016

𐐛𐑉𐐭 𐑄 𐐢𐐳𐐿𐐮𐑍-𐐘𐑊𐐰𐑅 𐐰𐑌𐐼 𐐐𐐶𐐲𐐻 𐐈𐑊𐐮𐑅 𐐙𐐵𐑌𐐼 𐐜𐐩𐑉,
Looking-Glass printed in the Deseret Alphabet, 2016

Alice's Adventures in Wonderland,
Alice printed in Dyslexic-Friendly fonts, 2015

ALICE'S ADVENTURES IN A DYSLEXIC WONDERLAND,
Alice printed in a font that simulates Dyslexia, 2015

[illegible],
Alice printed in the Ewellic Alphabet, 2013

'Ælɪsɪz Əd'ventʃəz ɪn 'Wʌndəˌlænd,
Alice printed in the International Phonetic Alphabet, 2014

Alis'z Advnĉrz in Wunḍland, *Alice* printed in the Ñspel orthography, 2015

[illegible],
Alice printed in the Nyctographic Square Alphabet, 2011

[illegible], *Alice* printed in the Shaw Alphabet, 2013

ALISIZ ADVENCƎRZ IN WUNDRLAND,
Alice printed in the Unifon Alphabet, 2014

[illegible] (Aliz kalandjai Csodaországban),
The Hungarian *Alice* printed in Old Hungarian script, tr. Anikó Szilágyi, 2016

SCHOLARSHIP

Reflecting on Alice: A Textual Commentary on *Through the Looking-Glass*, by Selwyn Goodacre, 2016

Elucidating Alice: A Textual Commentary on *Alice's Adventures in Wonderland*, by Selwyn Goodacre, 2015

Behind the Looking-Glass: Reflections on the Myth of Lewis Carroll, by Sherry L. Ackerman, 2012

Selections from the Lewis Carroll Collection of Victoria J. Sewell, compiled by Byron W. Sewell, 2014

SOCIAL COMMENTARY

Clara in Blunderland, by Caroline Lewis, 2010

Lost in Blunderland: The further adventures of Clara, by Caroline Lewis, 2010

John Bull's Adventures in the Fiscal Wonderland, by Charles Geake, 2010

The Westminster Alice, by H. H. Munro (Saki), 2017

Alice in Blunderland: An Iridescent Dream,
by John Kendrick Bangs, 2010

Simulations

Davy and the Goblin, by Charles Edward Carryl, 2010

The Admiral's Caravan, by Charles Edward Carryl, 2010

Gladys in Grammarland, by Audrey Mayhew Allen, 2010

Alice's Adventures in Pictureland, by Florence Adèle Evans, 2011

Folly in Fairyland, by Carolyn Wells, 2016

Rollo in Emblemland, by J. K. Bangs & C. R. Macauley, 2010

Phyllis in Piskie-land, by J. Henry Harris, 2012

Alice in Beeland, by Lillian Elizabeth Roy, 2012

Eileen's Adventures in Wordland, by Zillah K. Macdonald, 2010

Alice and the Time Machine, by Victor Fet, 2016

Алиса и Машина Времени (Alisa i Mashina Vremeni),
Alice and the Time Machine in Russian, tr. Victor Fet, 2016

Sewelliana

Sun-hee's Adventures Under the Land of Morning Calm,
by Victoria J. Sewell & Byron W. Sewell, 2016

선희의 조용한 아침의 나라 모험기
(Seonhuiui Joyonghan Achim-ui Nala Moheomgi),
Sun-hee in Korean, tr. Miyeong Kang, 2017

Alix's Adventures in Wonderland:
Lewis Carroll's Nightmare, by Byron W. Sewell, 2011

Álobk's Adventures in Goatland, by Byron W. Sewell, 2011

Alice's Bad Hair Day in Wonderland, by Byron W. Sewell, 2012

The Carrollian Tales of Inspector Spectre, by Byron W. Sewell, 2011

The Annotated Alice in Nurseryland, by Byron W. Sewell, 2016

The Haunting of the Snarkasbord, by Alison Tannenbaum, Byron W. Sewell, Charlie Lovett, & August A. Imholtz, Jr, 2012

Snarkmaster, by Byron W. Sewell, 2012

In the Boojum Forest, by Byron W. Sewell, 2014

Murder by Boojum, by Byron W. Sewell, 2014

Close Encounters of the Snarkian Kind, by Byron W. Sewell, 2016

TRANSLATIONS

Кайкалдыҥ Јеринде Алисала болгон учуралдар (Kaykaldıñ Cerinde Alisala bolgon uçuraldar), *Alice* in Altai, tr. Küler Tepukov, 2016

Alice's Adventures in An Appalachian Wonderland, *Alice* in Appalachian English, tr. Byron & Victoria Sewell, 2012

Patimatli ali Alice tu Vãsilia ti Ciudii, *Alice* in Aromanian, tr. Mariana Bara, 2015

Әлисәнеӊ Сәйерстандағы мажаралары (Älisäneñ Säyerstandağı majaraları), *Alice* in Bashkir, tr. Güzäl Sitdykova, 2017

Алесіны прыгоды ў Цудазем'і (Alesiny pryhody u Tsudazem'i), *Alice* in Belarusian, tr. Max Ščur, 2016

На тым баку Люстра і што там напаткала Алесю (Na tym baku Liustra i shto tam napatkala Alesiu), *Looking-Glass* in Belarusian, tr. Max Ščur, 2016

Снаркаловы (Snarkalovy), *The Hunting of the Snark* in Belarusian, tr. Max Ščur, 2017

Crystal's Adventures in A Cockney Wonderland, *Alice* in Cockney Rhyming Slang, tr. Charlie Lovett, 2015

Aventurs Alys in Pow an Anethow, *Alice* in Cornish, tr. Nicholas Williams, 2015

Alice's Ventures in Wunderland, *Alice* in Cornu-English, tr. Alan M. Kent, 2015

Alices Hændelser i Vidunderlandet, *Alice* in Danish, tr. D.G., Forthcoming

آلیس در سرزمین عجایب (Âlis dar Sarzamin-e Ajâyeb),
Alice in Dari, tr. Rahman Arman, 2015

La Aventuroj de Alicio en Mirlando,
Alice in Esperanto, tr. E. L. Kearney (1910), 2009

La Aventuroj de Alico en Mirlando,
Alice in Esperanto, tr. Donald Broadribb, 2012

Trans la Spegulo kaj kion Alico trovis tie,
Looking-Glass in Esperanto, tr. Donald Broadribb, 2012

Les Aventures d'Alice au pays des merveilles,
Alice in French, tr. Henri Bué, 2015

Les Aventures d'Alice au pays des merveilles,
Alice in French, tr. Henri Bué, illus. Mathew Staunton, 2015

Alisanın Gezisi Şaşilacek Yerdä,
Alice in Gagauz, tr. Ilya Karaseni, forthcoming

ელისის თავგადასავალი საოცრებათა ქვეყანაში
(Elisis t'avgadasavali saoc'rebat'a k'veqanaši),
Alice in Georgian, tr. Giorgi Gokieli, 2016

Alice's Abenteuer im Wunderland,
Alice in German, tr. Antonie Zimmermann, 2010

Die Lissel ehr Erlebnisse im Wunnerland,
Alice in Palantine German, tr. Franz Schlosser, 2013

Der Alice ihre Obmteier im Wunderlaund,
Alice in Viennese German, tr. Hans Werner Sokop, 2012

Balþos Gadedeis Aþalhaidais in Sildaleikalanda,
Alice in Gothic, tr. David Alexander Carlton, 2015

Nā Hana Kupanaha a 'Āleka ma ka 'Āina Kamaha'o,
Alice in Hawaiian, tr. R. Keao NeSmith, 2017

Ma Loko o ke Aniani Kū a me ka Mea i Loa'a iā 'Āleka
ma Laila, *Looking-Glass* in Hawaiian, tr. R. Keao NeSmith, 2017

Aliz kalandjai Csodaországban,
Alice in Hungarian, tr. Anikó Szilágyi, 2013

Eachtra Eibhlíse i dTír na nIontas,
Alice in Irish, tr. Pádraig Ó Cadhla (1922), 2015

Eachtraí Eilíse i dTír na nIontas, *Alice* in Irish, tr. Nicholas Williams, 2007

Lastall den Scáthán agus a bhFuair Eilís Ann Roimpi, *Looking-Glass* in Irish, tr. Nicholas Williams, 2009

Le Avventure di Alice nel Paese delle Meraviglie, *Alice* in Italian, tr. Teodorico Pietrocòla Rossetti, 2010

Alis Advencha ina Wandalan, *Alice* in Jamaican Creole, tr. Tamirand Nnena De Lisser, 2016

L's Aventuthes d'Alice en Êmèrvil'lie, *Alice* in Jèrriais, tr. Geraint Williams, 2012

L'Travèrs du Mitheux et chein qu'Alice y dêmuchit, *Looking-Glass* in Jèrriais, tr. Geraint Williams, 2012

Әлисәнің ғажайып елдегі басынан кешкендері (Älïsäniñ ğajayıp eldegi basınan keşkenderi), *Alice* in Kazakh, tr. Fatima Moldashova, 2016

Алисаның Хайхастар Чирінзер чорығы (Alïsanıñ Ħayhastar Çïrinzer çorığı), *Alice* in Khakas, tr. Maria Çertykova, 2017

Алисакöд Шемöсмуын лоöмторъяс (Alisaköd Šemösmuyn loömtor″jas), *Alice* in Komi-Zyrian, tr. Evgenii Tsypanov & Elena Eltsov, 2017

Алисанын Кызыктар Өлкөсүндөгү укмуштуу окуялары (Alisanın Kızıktar Ölkösündögü ukmuştuu okuyaları), *Alice* in Kyrgyz, tr. Aida Egemberdieva, 2016

Las Aventuras de Alisia en el Paiz de las Maraviyas, *Alice* in Ladino, tr. Avner Perez, 2016

לאס אב׳ינטוראס די אליסייה אין איל פאאיס די לאס מאראב׳יליאס (Las Aventuras de Alisia en el Paiz de las Maraviyas), *Alice* in Ladino, tr. Avner Perez, 2016

Alisis pīdzeivuojumi Breinumu zemē, *Alice* in Latgalian, tr. Evika Muizniece, 2015

Alicia in Terra Mirabili, *Alice* in Latin, tr. Clive Harcourt Carruthers, 2011

Aliciae per Speculum Trānsitus (Quaeque Ibi Invēnit), *Looking-Glass* in Latin, tr. Clive Harcourt Carruthers, Forthcoming

Alisa-ney Aventuras in Divalanda, *Alice* in Lingua de Planeta (Lidepla), tr. Anastasia Lysenko & Dmitry Ivanov, 2014

La aventuras de Alisia en la pais de mervelias,
Alice in Lingua Franca Nova, tr. Simon Davies, 2012

Alice ęhr Ęventüürn in't Wunnerland,
Alice in Low German, tr. Reinhard F. Hahn, 2010

Contoyrtyssyn Ealish ayns Çheer ny Yindyssyn,
Alice in Manx, tr. Brian Stowell, 2010

Ko Ngā Takahanga i a Ārihi i Te Ao Mīharo,
Alice in Māori, tr. Tom Roa, 2015

Dee Erläwnisse von Alice em Wundalaund,
Alice in Mennonite Low German, tr. Jack Thiessen, 2012

Auanturiou adelis en Bro an Marthou,
Alice in Middle Breton, tr. Herve Le Bihan & Herve Kerrain, Forthcoming

The Aventures of Alys in Wondyr Lond,
Alice in Middle English, tr. Brian S. Lee, 2013

L'Avventure d'Alice 'int' 'o Paese d' 'e Maraveglie,
Alice in Neapolitan, tr. Roberto D'Ajello, 2016

L'Aventuros de Alis in Marvoland, *Alice* in Neo, tr. Ralph Midgley, 2013

Elises Eventyr i Undernes Land: den første norske *Alice:*
Elise's Adventures in the Land of Wonders: the first Norwegian *Alice,*
Alice in Norwegian, ed. & tr. Anne Kristin Lande, 2016

Æðelgýðe Ellendǽda on Wundorlande,
Alice in Old English, tr. Peter S. Baker, 2015

La geste d'Aalis el Païs de Merveilles,
Alice in Old French, tr. May Plouzeau, 2017

Alitjilu Palyantja Tjuta Ngura Tjukurmankuntjala (Alitji's Adventures in Dreamland), *Alice* in Pitjantjatjara, tr. Nancy Sheppard, 2017

Alitji's Adventures in Dreamland: An Aboriginal tale inspired by *Alice's Adventures in Wonderland*, adapted by Nancy Sheppard, 2017

Alice Contada aos Mais Pequenos,
The Nursery "Alice" in Portuguese, tr., Rogério Miguel Puga, 2015

Соня въ царствѣ дива (Sonia v tsarstvie diva):
Sonja in a Kingdom of Wonder,
Alice in facsimile of the 1879 first Russian translation, 2013

Соня в царстве дива (Sonia v tsarstve diva),
An edition of the first Russian *Alice* in modern orthography, 2017

Охота на Снарка (Okhota na Snarka),
The Hunting of the Snark in Russian, tr. Victor Fet, 2016

Ia Aventures as Alice in Daumsenland,
Alice in Sambahsa, tr. Olivier Simon, 2013

Ocolo id Specule ed Quo Alice Trohv Ter,
Looking-Glass in Sambahsa, tr. Olivier Simon, 2016

ʻO Tāfaoga a ʻĀlise i le Nuʻu o Mea Ofoofogia,
Alice in Samoan, tr. Luafata Simanu-Klutz, 2013

Eachdraidh Ealasaid ann an Tìr nan Iongantas,
Alice in Scottish Gaelic, tr. Moray Watson, 2012

Alice's Adventchers in Wunderland,
Alice in Scouse, tr. Marvin R. Sumner, 2015

Mbalango wa Alice eTikweni ra Swihlamariso,
Alice in Shangani, tr. Peniah Mabaso & Steyn Khesani Madlome, 2015

Ahlice's Aveenturs in Wunderlaant,
Alice in Border Scots, tr. Cameron Halfpenny, 2015

Alice's Mishanters in e Land o Farlies,
Alice in Caithness Scots, tr. Catherine Byrne, 2014

Alice's Adventirs in Wunnerlaun,
Alice in Glaswegian Scots, tr. Thomas Clark, 2014

Ailice's Anters in Ferlielann,
Alice in North-East Scots (Doric), tr. Derrick McClure, 2012

Alice's Adventirs in Wonderlaand,
Alice in Shetland Scots, tr. Laureen Johnson, 2012

Ailice's Àventurs in Wunnerland,
Alice in Southeast Central Scots, tr. Sandy Fleemin, 2011

Ailis's Anterins i the Laun o Ferlies,
Alice in Synthetic Scots, tr. Andrew McCallum, 2013

Alice's Carrànts in Wunnerlan,
Alice in Ulster Scots, tr. Anne Morrison-Smyth, 2013

Alison's Jants in Ferlieland,
Alice in West-Central Scots, tr. James Andrew Begg, 2014

Alice muNyika yeMashiripiti,
Alice in Shona, tr. Shumirai Nyota & Tsitsi Nyoni, 2015

Алисаның қайғаллығ Черинде полған чоруқтары
(Alisanıñ qayğallığ Çerinde polğan çoruqtarı),
Alice in Shor, tr. Liubov′ Arbaçakova, 2017

Alis bu Cëlmo dac Cojube w dat Tantelat,
Alice in Ṣurayt, tr. Jan Beṯ-Ṣawoce, 2015

Alisi Ndani ya Nchi ya Ajabu, *Alice* in Swahili, tr. Ida Hadjuvayanis, 2015

Alices Äventyr i Sagolandet, *Alice* in Swedish, tr. Emily Nonnen, 2010

ʻAlisi ʻi he Fonua ʻo e Fakaofoʼ,
Alice in Tongan, tr. Siutāula Cocker & Telesia Kalavite, 2014

Ventürs jiela Lälid in Stunalän, *Alice* in Volapük, tr. Ralph Midgley, 2016

Lès-avirètes da Alice ô payis dès mèrvèyes,
Alice in Walloon, tr. Jean-Luc Fauconnier, 2012

Lès paskéyes d'Alice è payis dès mèrvèyes,
Alice in Central Walloon, tr. Bernard Louis, 2017

Anturiaethau Alys yng Ngwlad Hud, *Alice* in Welsh, tr. Selyf Roberts, 2010

I Avventur de Alis ind el Paes di Meravili,
Alice in Western Lombard, tr. GianPietro Gallinelli, 2015

U-Alisi Kwilizwe Lemimangaliso,
Alice in Xhosa, tr. Mhlobo Jadezweni, 2017

Di Avantures fun Alis in Vunderland,
Alice in Yiddish, tr. Joan Braman, 2015

Alises Avantures in Vunderland, *Alice* in Yiddish, tr. Adina Bar-El, 2017

אַליסעס אַוואַנטורעס אין וווּנדערלאַנד
(Ālises Avantures in Vūnderland),
Alice in Yiddish, tr. Adina Bar-El, 2017

Insumansumane Zika-Alice,
Alice in Zimbabwean Ndebele, tr. Dion Nkomo, 2015

U-Alice Ezweni Lezimanga, *Alice* in Zulu, tr. Bhekinkosi Ntuli, 2014

www.ingramcontent.com/pod-product-compliance
Ingram Content Group UK Ltd.
Pitfield, Milton Keynes, MK11 3LW, UK
UKHW041842190726
13854UKWH00002B/667

9 781782 011743